季節風

KISETSUFU

＊

春

ツバメ記念日

＊

重松清

文藝春秋

目次

装幀　吉田篤弘・吉田浩美

季節風　春　ツバメ記念日

めぐりびな

七段飾りのひな人形を贈られた。

高さは百八十センチ近く、横幅も奥行きも一メートルをゆうに超えている。

明日の午後に着くように配達を頼んだから、とゆうべ電話をかけてきた義母《はは》が、「ちょっとびっくりするかもしれないけど」と付け加えた理由は、それだった。

半年前からベビーベッドを置いている六畳の和室は、これで寝室としての用をなさなくなってしまった。わたしの布団《ふとん》はなんとかなっても、ダンナの――コウちゃんの布団までは無理だ。

「いいよいいよ、俺は洋室で寝るから」

「でも、フローリングだよ」

「布団敷《し》けばだいじょうぶだって」

コウちゃんは笑いながら言って、申し訳なさそうに「責任とらなきゃまずいもんな」と肩をすくめた。

初節句《はつぜっく》のお祝いだ。2LDKの狭いマンションなんだから、押し入れにも余裕はないんだから、とコウちゃんがお正月に釘《くぎ》を刺《さ》してくれたのに、義父《ちち》も義母もそんなのはケロッと忘れてしまう。クリスマスツリーをプレゼントされたときもそうだった。「昭和」の高度経済成長期に子ども時代を過ごしたせいなのか、二人とも「大きいことはいいことだ」「大は小を兼《か》ねる」の価値観から抜け出せないのだろう。

もちろん、義父母が初孫のみゆきの誕生を心から喜んでくれていることは、わたしにもよくわかる。ありがたいし、うれしい。だからこそ、品物が届いたことを義母に電話で伝えたとき、お礼と一緒に「おひなまつりには、お義父《とう》さんとぜひいらしてくださいね」と誘ったのだ。義母はちょっともったいをつけて「じゃあ都合をつけてみるわ」と電話を切ったが、どうせ明日になれば「なんとか予定を調整したから」と連絡してくるだろう。クリスマスのときもそうだったように。

コウちゃんは「いいんだぞ、そんなにウチに気をつかわなくても」と言ってくれる。でも、みゆきにとって、おじいちゃんとおばあちゃんは、この二人だけだ。わたしの父は、もう二十年以上も前に亡くなった。ものごころつく前だったから、わたしには父の記憶はない。女手一つでわたしを大学まで出してくれた母も、二年前——一人娘の花嫁姿を見届けて安心したように、くも膜下出血《まくかしゅっけつ》であっけなく逝《い》ってしまった。

「ちらし寿司とはまぐりのお吸い物、練習しなくちゃ」

「……悪いな、ほんと」

ぜーんぜん、と笑って梱包《こんぽう》用の段ボールを片づけていたら、保証書と一緒に、なにかの申し込み用紙が入っていることに気づいた。

取り出して広げた。

〈本年度のめぐりびなは、二月二十八日にとりおこないます。当店にて人形をお買い求めいただいたお客さまにつきましては、特別サービスといたしまして、送料小社負担にてご予約をうけたまわります〉

申し込み用紙には「めぐりびな」の説明も載っていた。ひな人形や五月人形は、そもそも子どもの身代わりとして厄災《やくさい》を祓《はら》うお守りなのだという。そのため、人形は一家で一セット。新しい人形を買ったら、古い人形は感謝の気持ちを込めて供養《くよう》しなければならない。

知らなかった。

いま、リビングにはもう一組のおひなさまが飾ってある。

わたしが実家から持ってきた、お内裏《だいり》さまとおひなさまだけの小さな親王飾《しんのうかざ》りだ。

コウちゃんも「めぐりびな」のことは初めて知ったらしい。「いろいろ面倒くさいんだなあ」とあきれ顔になったあとで、「でも……」とつづけた。「そういう理由でもつけてもらわないと、人形なんてなかなか処分できないもんな」

「供養って……燃やしちゃうんだよね」

古いお寺で人形が次々に火にくべられる光景を、テレビのニュースかドキュメンタリーで観たことがある。微笑《ほほえ》んだまま炎に包まれる人形を見て「かわいそう」と言ったら、母に笑われた。「供養をして魂を抜いてあるからだいじょうぶよ、燃やすのは抜けがらだから」と慰《なぐさ》めるようにも言われた。子どもの頃のことだ。おひなさまを買ってもらう前だったか後だったかは、忘れてしまった。

「お寺のお堂にずらっと並べるのもあるだろ」

コウちゃんは「ほら、花嫁人形の髪の毛が伸びてますとか、並んでる順番が真夜中に入れ替わってますとか」とつづけ、自分の言葉に自分で、ひええーっ、とふざけておびえた。

わたしは苦笑いで受け流し、サイドボードの上のおひなさまを見つめた。

真新しい七段飾りの二人に比べると、やっぱり古びている。大事に扱ってきたつもりでも、着物がほつれているところもあるし、台座の角《かど》の塗装《とそう》もちょっとだけ剝《は》げていた。なにより、顔立ちが違う。第十何代という由緒正しい人形絵師が顔を描《か》いた新しいおひなさまの顔は、いかにも上品そうにほっそりとしている。古いおひなさまのほうは、誰が描いたとも知れないふっくらとした顔だ。子どもの頃にはそれが幸せいっぱいの表情だと思っていたのに、いまはヤボったいというか田舎っぽいというか、申し訳ないけど、貧乏くさいなあ、とさえ思う。

古いおひなさまを見つめていると、コウちゃんに「何年前に買ったんだ？」と訊《き》かれた。

「小学一年生のときだから……ちょうど二十年前」

「そっか、大ベテランだな」

ものごとをそういう発想で見てくれるところが、わたしは好きだ。

「めぐりびな」の申し込み用紙を冷蔵庫のドアにマグネットで留め、もう一度寝室に入って、あらためて新しいおひなさまと向き合った。

ほんとうに大きくて豪華だ。箱から出して組み立てるのに一時間近くかかった。まだ生後八カ月のみゆきはきょとんとして見上げるだけだったが、何年かすると自慢のおひなさまになるだろう。友だちを招いて、みんなで白酒を飲み、あられを食べて、おひなさまと一緒に記念撮影をして……。

わたしのできなかったことを、みゆきがママのぶんも存分に楽しんでくれる。

亡くなった母も、きっとよろこんでくれるはずだ。

それとも、母はただ、ごめんね、と謝るだけだろうか。

わずか五十年で閉じられてしまった母の人生を思うと、わたしはときどき神さまの存在を信じられなくなる。神さまはいない。いたとしても、取りこぼしや見逃しの多い、不公平な神さまなのだと思う。

母は家族に縁の薄いひとだった。幼い頃に両親をあいついで亡くし、三人きょうだいはそれぞれ親戚《しんせき》に引き取られた。末っ子の母は、なかでもいちばん縁の遠い、引き取られるまで顔も名前も知らなかったひとの子どもになった。新しい家は広い田んぼや畑を持ち、養鶏場《ようけいじょう》も営《いとな》んでいた。母は小学生の頃から養鶏場の仕事を手伝った。きっと、それが引き取られる条件のひとつにもなっていたのだろう。

その頃のことをめったに話そうとしない母に、一度だけ、手の甲《こう》の傷を見せてもらったことがある。肉がえぐれて、あばたのようになった痕《あと》がいくつもあった。ニワトリにくちばしでつつかれた傷だと言っていた。「せめて軍手でもはめさせてくれれば、どうってことなかったんだけどね」と母は寂しそうに笑って、それ以上はなにも話してくれなかった。

高校を出ると、養父母の反対を押し切って都会で就職をした。職をいくつか変わり、父と出会って、結婚をした。会社の同僚や友だちに囲まれた結婚式の写真に、養父母は写っていない。父の両親の姿もなかった。最初からよばなかったのか、よんでも来てくれなかったのか、その頃のことも母はほとんど話さないままだった。

わたしが生まれて父が病気で倒れてしまうまでの二年足らずは、母が家族の幸せや安らぎを感じられた唯一の日々だったと思う。わたしの名前は幸子《さちこ》。母が名付けた。子どもの頃は古めかしくて嫌だったが、自分が母親になったいまは、母の気持ちが痛いほどわかる。

父を病気で亡くしてからの母は、ひたすら働きつづけた。小学生の頃は、日曜日に母と遊びに出かけたことはほとんどなかったし、母の寝顔を見た記憶もない。何度かあった再婚の話も、もしもわたしが新しい父親になじめなかったらいけないから、と断りつづけた。「子どもは、親以外のひとに育てられちゃいけないの」——たとえ理屈としては間違っていても、母の生い立《おた》ちを思うとなにも言えない。

生活は楽ではなかった。でも、母は、わたしには決してひもじい思いはさせなかった。友だちに負《お》い目や引け目を感じることのないよう、せいいっぱい以上のことをしてくれた。見栄《みえ》を張るわけではなくても、それが母の意地だったのだろう。

親王飾りのおひなさまにも、そんな母の思いが込められている。

ねだったわけではない。小学一年生の三学期、ちょうどいまと同じ二月の半ば頃、突然届いたのだ。「どう？　びっくりした？」と母はうれしそうだった。得意そうでもあった。

でも、わたしは母が期待していたほどにはよろこばなかった。「ありがとう」と、うつむいて、細い声で言った。それを照れくささだと勘違いした母は、上機嫌なまま「おひなさまは早めに出して、ひなまつりが終わったらすぐにしまわないとだめなのよ。そうしないと、さっちゃん、お嫁に行けなくなっちゃうから」と言った。母はそういう古いしきたりや迷信を、滑稽《こっけい》なほど真剣に受け止めるひとでもあった。

義母は当然のように「めぐりびな」を知っていた。

「予定のやりくりがついたから、お義父さんと二人でお邪魔《じゃま》させてもらいたいんだけど、いいかしら?」と電話をかけてきて、「ほんとになにもしなくていいからね。みゆきちゃんの顔を見て、おひなさまを見せてもらったら、すぐにおいとまするから」

――いつもの一言を、いつものように早口に言って、「めぐりびな」のことをわたしが訊くと、「そうなのよ、そうそう」と応《こた》えた。

「これで古いおひなさまはお役御免《やくごめん》になるわけだから、ちゃんと供養してあげないとね」

「……そのまま捨てずに持ってると、やっぱり……まずいですか?」

「そりゃそうよ」

あっさりと、きっぱりと、言われた。

「もちろん、こんなのは理屈で説明できるようなものじゃないわよ。でも、気持ちの問題なんだから、昔から決まってることにわざわざ逆らうこともないんじゃない？」

　確かに、それはそうなのだ。

「万が一みゆきちゃんによくないことがあったときに、古いおひなさまを供養しなかったせいかも、って思うのも嫌じゃない。おひなさまだってかわいそうでしょ」

「……はい」

「それに、ゴミにして捨てるんじゃないのよ。いままで守ってくださってありがとうございます、という感謝の気持ちを込めて、空に帰っていただくの。だから供養なのよ」

「……そうですね」

　電話を切ったあと、ため息をついた。

　新しいおひなさまが届いてから三日たっていた。古いおひなさまは、まだサイドボードの上に並んでいる。でも、もう時間がない。明日の夕方には宅配便を発送しないと「めぐりびな」の申し込みに間に合わないし、しあさっての日曜日には義父母が来る。

　踏ん切りをつけなくてはいけない。

　リビングの床で這《は》い這《は》いをしていたみゆきを抱き取った。

「みゆき、お買い物に行こうか」

外に出かけるのが大好きなみゆきは、「オカイモノ」や「オサンポ」の音の響きでわかるのだろう、頭のてっぺんに届くか届かないかの短い手を挙げて、うぇい、と笑った。

「ねえ、みゆき、みゆきはどっちが好き？」

「ドッチ」、わかるかな。「スキ」、わかるかな。

「大きなおひなさまと、小さなおひなさま、どっちが好きですかあ？」

みゆきはにこにこ笑うだけだった。


わが家のマンションから駅前のショッピングモールまでは、ベビーカーをゆっくり押して十五分ほどの、散歩にはぴったりの道のりだ。

近所の一戸建ての庭では、白梅《はくばい》が満開だった。ここのところ暖かい日がつづいている。ベビーカーを押す手も、手袋なしでもかじかまなくなった。もうすぐ春だ。来年のいまごろは、みゆきはもう歩いているはずだし、おしゃべりも少しずつできるようになっているだろう。「ウチのおひなさまってすごいんだよ、こーんなにおっきいの」と友だちに自慢するようになるのは、再来年だろうか、もうちょっと先だろうか。

「その頃には、もっと広いおうちに引っ越さないとね」

信号待ちのときにベビーカーを後ろから覗《のぞ》き込んで声をかけると、みゆきはフェルトのおもちゃをよだれまみれにしてかじっていた。

「パパもママもがんばるからねえ」

みゆきが満一歳の誕生日を迎えたら、会社の産休が明ける。仕事と家事と育児をこなす忙しい日々が始まる。みゆきは保育園に通い、ベビーシッターさんにお世話になることもあるだろう。寂しい思いはさせないようにしようね、とコウちゃんと約束している。ママはずうっとお留守番ばっかりで寂しかったんだから――コウちゃんの前では言わないけど、ときどき、みゆきと二人きりのときには口に出すこともある。

ショッピングモールの雑貨屋さんに入った。店は狭くてもおしゃれな雑貨がそろっていて、いつも前を通りかかるたびに気になっていた。

もったいない、と眉《まゆ》をひそめる母の顔が浮かんだ。母はむだづかいが嫌いで、部屋を飾ることともおしゃれに気をつかうこととも無縁の人生を送った。いいのいいの、平気平気、と笑ってギフトボックスのコーナーに向かった。サイズやデザインが何種類もあるなかから、桃の花みたいなピンク色の箱を選んだ。サイズは、ケーキでいうなら7号。新しいおひなさまの箱と比べると、悲しくなってしまうほど小さい。

でも、古いおひなさまは、せめてきれいな箱に入れて送りたかった。箱に詰めるクッション材もハートの形をしたかわいらしいものにした。

レジで箱とクッション材を包んでもらっていると、店員のおねえさんが「これ、サービスです」と言って小さなグリーティングカードも一緒に入れてくれた。

あ、そうじゃないんです、プレゼントじゃなくて、と言う間もなく、おねえさんは袋にテープで封をした。


「どうすればいいと思う？」

カードをテーブルに置いて首をひねるわたしに、会社から帰ってきたばかりのコウちゃんは「べつに無理して使わなくてもいいんじゃないのか？」と笑った。

「でも、せっかくもらったんだし、なんかもったいないし……」

お母さんと同じだなあ、と自分でもあきれた。お化粧やファッションやインテリアにはひとなみにお金をかけていても、そういうところに母譲《ゆず》りの性格が出てしまう。

「よろしくお願いします、って書くのもヘンだよね」

「お坊さんに？」

「うん……」

「あんまり意味なさそうだけどなあ」

わたしもそう思う。コウちゃんは「とりあえずしまっといて、別のときに使えばいいだろ」と言う。まったくもって、そのとおりだと思う。でも、それができない。不器用というか要領が悪いというか、気持ちの切り替えがへたなのだ。

だから、ほんとうは、いまになって——おひなさまをピンクの箱にしまってから、じわじわと迷いが出てきている。

古い人形だ。わたしの身代わりで厄災を祓ってくれていたのなら、もうじゅうぶんに役目は果たした。大きな病気やケガは一度もなかった。コウちゃんと幸せな結婚をして、みゆきが生まれた。家族は三人とも健康で、仲良しで、よく考えてみたら、母を亡くしてしまったわけだから、もう、わたしはおひなさまに守られる「娘」ではない。わが家の娘はみゆき一人で、みゆきを守ってくれるのは、七段飾りのおひなさまだ。古いおひなさまはりっぱに仕事を終えて引退する。なにも悲しむことはないし、残念がることもない。

わかっている。頭ではちゃんと理解して、納得もしているのに、おひなさまを箱に入れるときに思わず、ごめんなさい、と謝ってしまった。おひなさまは怒らない。いつも、ずっと、笑っている。その笑顔を見るのが急につらくなって、背中を上にして箱に入れ直した。

「なあ、こういうのどうだ？」

コウちゃんが言った。いいアイデアを思いついたときの、はずんだ声だ。

「おひなさまに宛《あ》てて書くんだよ。いままでありがとうございました、とか、さようなら、とか……それだったらいいんじゃないか？」

そうだよ、そうだよ、そうしちゃおう、なっ、と笑う。早くここを片づけて、晩ごはんを食べたいのだろう。わたしだって、いつまでもいじいじと迷っていたくはない。

「一言だけでいいよね？」

「うん、こういうのってさ、だらだら書くと、かえって嘘《うそ》っぽくなるだろ」

「だよね……」

サインペンのキャップを取って、カードに向かった。

浮かんだ言葉は三つ。

「ありがとう」と「さようなら」、そして——「ごめんなさい」。

ペンを持ったまま、動きが止まった。真っ白なカードをじっと見つめていると、忘れかけていた昔の光景が次々に浮かび上がってきた。

「燃やさなきゃいけない？」

「え？」

「わたし……お母さんのおひなさま、捨てたくない……」

母は届いたばかりのおひなさまの包みを、いそいそと開けた。「ほら見て、さっちゃん、見てごらん、きれいなお顔してるでしょ」と歌うような声で言った。

わたしだけでなく、母にとっても初めてのおひなさまだった。

母が引き取られた家には、三つ年上の女の子がいた。戸籍《こせき》の上では義理の姉妹ということになる。田舎の旧家らしく、ひなまつりは華やかだった。代々伝わる古いおひなさまを飾り、親戚や近所の子を招いて、ごちそうをふるまう。でも、その主役はお姉さん一人だった。おひなさまも晴れ着もすべてお姉さんのためのもので、母はごちそうの席によばれることさえなかったのだと、ずっとあとになって——わたしが世の中の仕組みについてわかる頃になって、母が教えてくれた。

母ははしゃいでいた。箱から出したおひなさまをコタツの上に置いて、「おひなさまが左だっけ、逆だっけ、こういうの全然わかんないなあ」「知ってる？　さっちゃん、お人形は目を描くのがいちばん難しいのよ」「昔はネズミにかじられるのが心配だったけど、いまはだいじょうぶよね、ゴキブリのほうが心配よねえ」と一人でしゃべりどおしだった。おひなさまの髪や着物を「きれいよねえ、きれいよねえ」と、ほんとうにうれしそうに、いとおしそうに撫《な》でていた。

でも、母がはしゃげばはしゃぐほど、わたしは元気をなくしてしまった。小さな箱を「おひなさまよ」と言われたときに、違うよ、と思ったのだ。おひなさまはこんなちっちゃな箱に入ってないよ、と言いたかった。母が箱から人形を取り出して、ほかにはもうなにもないんだとわかると、がっかりした。わたしが思い浮かべていたおひなさまは、三人官女や五人囃子《ばやし》がいて、右大臣も左大臣もいて、もっと華やかでにぎやかな――みゆきがおじいちゃんとおばあちゃんに買ってもらったような、段飾りのおひなさまだったのだ。

母はおひなさまを茶簞笥《ちゃだんす》の上に飾ると、父の仏壇《ぶつだん》に線香をあげ、手を合わせた。

「やっと、さっちゃんにおひなさまを買ってやれました」

報告を終えると、大切な仕事をやりとげたように、ひとつ大きく息をついた。

初節句は、ちょうど父が最初の手術を受けた頃で、おひなさまどころではなかった。次の年のひなまつりのときには、もう父は亡くなっていた。入院中の生活費や治療費を工面《くめん》するためにお金を借りた先がたくさんあったんだと、これもずっとあとになってから母に聞いた。数年がかりで借金を返し、ようやく生活にささやかな余裕ができて、おひなさまを買った。自分の服や化粧品ではなく、わたしのために、手が届くせいいっぱいの値段の人形を買ってくれた。母はなにも言わなかった。なにも教えてくれなかった。ただ、うっとりとおひなさまを見つめるだけだった。

こんなに小さくて安っぽいおひなさまをよろこんでいる母の背中が、急にうとましくなった。憎らしくもなった。わたしの口数がふだんよりも少ないことにも気づかず、振り向いて「今年のおひなまつりはお友だちをよんであげたら？」と言う母の笑顔が、悔《くや》しくてたまらなかった。

「友だちなんか、よばない」

わたしは言った。

きょとんとする母に、「こんなおひなさまなんか、誰も見たがらない」とも言った。

ひどい言葉だ。自分でもわかっていた。でも、ひどい言葉を、ぶつけたかった。

仲良しの友だちの名前を思いつくまま挙げた。「みんなのおひなさま、こんなのじゃないもん」と言った。「みんなのはもっとお人形がたくさんいて、もっと大きくて……こんなのニセモノだもん」


コウちゃんは困ったように笑って、これ以上話さなくていいよ、と首を横に振った。

優しいひとだ。わたしが結婚して一人暮らしになってしまった母のことをいつも気にかけてくれて、母が亡くなったときには本気で泣いてくれた。わたしの結婚相手がそういうひとだったからこそ、母は安心して、父やほんとうの両親に急いで会いに行ったのだと思う。

「ほんと、サイテーの子どもでしょ？」

「いや、まあ……その気持ちもわかるっていうか」——優しいひとなのだ。

「いろいろストレスが溜《た》まってたのかもね」

「ストレスって？」

「小学一年生って、自分のウチと友だちのウチの違いや差がだんだんわかってくる頃だし」

おとなになれば、子どもの頃の自分を丸ごと見通すことができる。あの頃には自分でもワケがわからなかった言葉や行動も、筋道を立てて説明できるようになる。出来事の一つずつを覚えているわけではなくても、あの頃はきっと、父がいないことや母が働きに出ていることやわが家がお金持ちではないことで、寂しさや悔しさがつのっていたのだろう。

わたしの説明を聞いたコウちゃんはまた困ったような微笑みを浮かべ、なるほどな、とうなずいて、その笑顔のまま、言った。

「説明しなくてもいいからな、子どもの頃のことは」

「そう?」

「うん。そういうのって、なんていうか、後出しジャンケンだから」

言い方は子どもっぽくても、声は真剣だった。

「子どもの頃のことをなんでもうまく説明できる奴って、自分の子どもにも同じように説明させちゃうような気がするんだ。でも、そんなの無理だし、おとなが自分のガキの頃のことを思いだして、勝手に理由とか筋道とかを決めつけちゃうのもよくないと思うし……わかんないことは、わかんないままでいいんだよ」

いくつになってもな、とコウちゃんは付け加えた。

わたしは苦笑交《ま》じりにうなずいた。わからないことは、わからないまま。それでいい。話のつづきを、そのおかげで切り出しやすくなった。

「わたしがひどいことを言ったあと、お母さん、どうしたと思う？」

「……怒った？」

「違う」

「じゃあ、泣いちゃったか」

「それも、ちょっと違う」

母は笑っていたのだ。ごめんね、と笑顔でわたしの頭を撫でてくれたのだ。

「お母さんが怒ってたら、わたし、絶対に怒り返したと思う。理由なんてなくても、怒ってたと思う」

「……うん」

「お母さんが泣いてたら、わたし、謝った。泣かないで、ごめんなさい、ゆるして、って必死に謝ったと思う」

「だよな」

「でも……お母さん、笑ってたから……」

抱きつくことしかできなかった。母に抱きついて泣いた。「ごめんなさい」も「ありがとう」も言えずに、ただ泣きじゃくった。

母はずっと笑っていた。なにも言わず、なにも訊かずに、わたしの背中を抱き取って、頭を撫でてくれた。

なぜ怒らなかったのだろう。なぜ笑っていたのだろう。わたしの頭を撫でて、母はなにを伝えようとしたのだろう。あの日のわたしは、泣きじゃくりながら、どんな思いを母にぶつけていたのだろう。

わからない――ままでいい、とコウちゃんは言ってくれた。

だからわたしは、ワケがわからないまま、泣きだした。おとなになっても理由の説明できないことはたくさんある。

コウちゃんがピンクの箱に手を伸ばすのが、涙の向こうに見えた。

「送るの、やめよう」

ぼそっと言ってひな人形を箱から出したコウちゃんは、それを持って寝室に向かった。

わたしは涙を手の甲でぬぐいながら、「なにしてるの?」と立ち上がる。

コウちゃんはわたしに背中を向け、つま先立って、おひなさまとお内裏さまを古い人形に取り替えていた。

「だいじょうぶだよ」

コウちゃんはわたしを振り向かずに言った。「まだスイッチ入れてないから、新しいおひなさま、仕事始めてないんだ」――まじめくさった声で言ってくれた。

わたしはコウちゃんの背中に抱きついた。さっきより大きな声をあげて泣いた。

「なんなんだ、どうしたんだよ、おい、びっくりさせんなよ」

コウちゃんは照れくさそうに、くすぐったそうに笑う。

どうしたんだよ、と言われたって。

おとなになっても理由の説明できないことは、ほんとうに、たくさんある。


次の日は、朝からおひなさまの前に座った。

七段飾りのてっぺんに並んだおひなさまとお内裏さまは、いきなり晴れやかな舞台に立たされて戸惑っているように見える。コウちゃんは「平気だって、バレないよ」と言っていたが、やっぱり古びた感じは隠しようがないし、豪華で真新しい段飾りに囲まれると、地味な顔立ちがよけいきわだってしまう。特におひなさま。三人官女のほうがずっと上品そうな顔をしていて、やぼったいしもぶくれのおひなさまは、なんとなく居心地が悪そうでもあった。

それでも、わたしは、よかったね、よかったね、と笑顔でおひなさまを見上げる。

おひなさまはお母さんと同じだ、と思う。

母もコウちゃんとわたしの結婚式のときは、なんだか申し訳なさそうに末席《まっせき》にちょこんと座っていた。とりたてて派手な式を挙げたわけではないのに、母の目には夢のような豪華絢爛《ごうかけんらん》なパーティーに見えて、気おくれしてしまったらしい。でも、「もったいない」とは言われなかった。ウェディングドレス姿のわたしを「お姫さまみたいだねえ、きれいだねえ」と、こっちが恥ずかしくなるくらい褒《ほ》めちぎってくれて、自分はいちばん安物の貸衣装で式に出た。

わたしの親族席に座った身内は、母だけだった。仲良しの友だちに無理を言って一緒のテーブルについてもらって席を埋《う》めた。母はわたしに「肩身の狭い思いをさせちゃってごめんね」と謝って、コウちゃんは「ごめんな、こっちの親戚の数、もっと減らせられればよかったんだけど」とすまなさそうに言ってくれた。

母が家庭に恵まれなかったぶん、わたしは家族に支えられてきたし、これからも支えてもらうのだろう。わたしだって、コウちゃんやみゆきを支えていきたい。コウちゃんの名前は幸司《こうじ》。二つの「幸」が並んだ新居の表札を見て、あらあらあら、と笑いながら、でも誰よりもよろこんでくれたのも母だった。いくらなんでもそこまでは……と思って名前をひらがなにしたみゆきも、漢字の「美幸」の思いを込めて名付けた。母が生きていたらあきれただろうか、それとも、やっぱりよろこんでくれただろうか。

披露宴《ひろうえん》の最後に、母はコウちゃんの両親と一緒に金屏風《きんびょうぶ》の前に立った。義父があいさつをする間じゅう、母はうつむいてハンカチを目元にあてていた。コウちゃんに花束を贈られたあともうつむきかげんで、式場のカメラマンに「おかあさん、花束に顔が隠れちゃってますよ、こっち見てくださーい」と何度言われても、なかなか顔を上げられなかった。

お母さんって、目立つこと苦手だったもんね。

おひなさまを見つめて、くすっと笑う。いままで感じたことはなかったのに、今日は、おひなさまの微笑んだ顔が母の笑顔に重なる。

長生きしてほしかったな。

つぶやくと胸に熱いものがこみあげてきたので、よしっ、とおなかに力を入れて立ち上がった。おひなさまを見つめた。ゆっくりと手を伸ばした。晴れ舞台で一晩過ごしたおひなさまは、ちょっとほっとしたようにも、ここもなかなか悪くなかったけどね、と強がっているようにも──どっちにしても、うれしそうな顔してるじゃない、お母さん。

人形を胸に抱いて、リビングのほうを振り向いた。

「みゆき、お買い物に行こうか」

日だまりに座り込んでフェルトのおもちゃをかじっていたみゆきは、短い手を挙げて、うぇい、と笑って応え、体のバランスをくずして、こてんとひっくり返ってしまった。

会社から帰ってきたコウちゃんは、わたしから話を聞くと、「ほんとによかったのか？」と眉を寄せた。

「だいじょうぶ、もうすっきりしたから」

ほんとだよ、ほんと、と念を押しても、納得しきらない顔で「さっちゃんがいいんだったら、まあ、いいんだけどさ……」と、主役が元に戻った七段飾りを見つめる。

「昼間、おふくろに電話したんだよ。やっぱり嘘つくのもアレだから、話だけはきちんと通しておこうと思って」

義母はびっくりして、あきれて、でも最後はしんみりと、わたしに謝っていたという。

「勝手におひなさまを送りつけて悪いことしちゃった、って。あと、『めぐりびな』のことも、なにも知らなかったから……ごめんなさい、って」

「そんなことない、お義母さんが謝ること、なんにもない」

「日曜日、よんでもいいよな？」

「あたりまえじゃない」

笑った。大歓迎する。義理でもなんでもなく、心から。

「それでさ、俺、考えたんだよ。おひなさまっていうのは、娘の無病息災《むびょうそくさい》を祈るものだろ？　でも、娘だけっていうのも、なんか弱っちくない？　それくらいのことだったら、そこいらの神社のお守りでもできるだろ」

「はあ？」

「で、こういうのどうかなって思うんだけど、二十年たったら、おひなさまってもっと強くなるんだよ。アップグレードっていうかさ、家族全員を守ってくれるの」

猫又《ねこまた》や化け猫じゃないんだから、とあきれた。

でも、コウちゃんは真顔で「そう考えたら、『めぐりびな』なんてする必要ないんだよ」と言う。「さっちゃんのおひなさまは、もう、おひなさまじゃなくて、じじばばさま」

だから――と、コウちゃんはまた残念そうな顔になった。

「送ること、なかったんだよ」

「うん、でも……もういいの、ほんとに」

「宅配便の伝票ってあるんだろ？　今夜中とか明日の朝イチに電話すれば、キャンセルできるんじゃないかなあ」

ありがと、と私は笑う。その気持ちだけでじゅうぶんだし、母もきっとよろこんでくれる。

「俺、電話しようか？」

いますぐにでも携帯電話をポケットから出しそうなコウちゃんに、わたしは笑顔のまま、首を横に振った。

おひなさまはピンク色のギフトボックスに入れ直して送った。グリーティングカードも添《そ》えた。真っ白なカードに、今度は迷いなくメッセージを書き込むことができた。

ありがとうございました。

その言葉を選べたことが、なによりうれしかった。

コウちゃんも「うん、わかった」と気を取り直して、脱いだコートからキルトのインナーを取りはずした。

「もういいよな、薄くしても」

「急に寒くなっても知らないよ」

寒《かん》の戻りに三寒四温《さんかんしおん》、季節が変わるのはちょっとずつで、そのちょっとずつのペースが、わたしは好きだ。父と母の仏壇には、おひなさまとおそろいで桃の花を飾ってある。宅配便を出した帰りに、花屋さんに寄って買った。

「あれ……？　おい、ちょっと臭《くさ》くないか？」

「あ、うんちだ」

ベビーベッドで寝ていたみゆきが、いつのまにかうつぶせになって、オムツでもこもこにふくらんだお尻を持ち上げていた。

「オムツ換えてよ、わたし、その間にごはん温めるから」

「俺、逆のほうがいいなあ」

「文句言わない」

わが家は、いつものあわただしさに戻る。ばたばたと動きまわるわたしたちを、七段飾りのてっぺんからおひなさまが見つめる。すました笑顔が、ふわっと、やわらかくなった。

球春

僕たちの町のヒーローは、ニッポンのヒーローになりそこねて、ふるさとに帰ってきた。

野口隆也《のぐちたかや》――と言っても、よほどプロ野球にくわしいひと以外にはピンと来ないだろう。わずか三年間のプロ生活だった。一軍の出場試合数はゼロ。スポーツ新聞の見出しを飾ったこともなかった。

もともとドラフトでも下位の指名だった。高校生ルーキーという若さを割り引いても、六十番台の背番号が与えられた時点で、球団の期待はうかがい知れる。甲子園に出場したわけでも、華々しい個人記録を持っているわけでもない。でも、ベスト4で終わった地方予選を観ていたスカウトが素材に惚《ほ》れ込んで、大学や都市対抗で活躍してからでは他球団にさらわれるからと――父に言わせれば、安く買えるうちに、ドラフト指名を決めたのだ。

入団発表のときのスポーツ新聞の記事には、「三、四年下積みでみっちり鍛《きた》えれば面白い存在になりそうだ」と書いてあった。ふるさとも盛り上がった。人口二万人足らずの小さな町が生んだ、初めてのプロ野球選手だ。入団が決まったあとは町をあげてのお祭り騒ぎで、気の早いおとなたちが「後援会《こうえんかい》をつくろう」「ツアーを組んで応援に行こう」と張り切っていたのを、小学五年生だった僕もよく覚えている。

でも、その下積み期間のさなか、去年のシーズン終了後に、野口さんは球団から戦力外通告を言い渡された。他の球団からも声はかからなかった。

プロの世界は厳しい。

野口さんは結局、身の振り方が決まらないまま帰郷した。それが去年の暮れのことで、プロ野球の開幕が間近に迫った三月のいまも、再就職先は決まっていないというウワサだ。職を探そうという気力すらなく家に閉じこもっている、というウワサもあったし、夜中になると暴走族のように車を乗り回している、というウワサもあった。

さまざまなウワサはどれも、最後にはこの一言で終わる。

あいつも、もうおしまいだよ――。

プロの世界は確かに厳しい。でも、期待を裏切ったひとに対する田舎町の空気は、もっと冷ややかで厳しい。

いやな町だ、と思う。高校を卒業したら、大学でも就職でも、絶対に都会に出て行くからな、こんな田舎には残らないからな、とあらためて自分に誓《ちか》った。

この四月に中学三年生になる僕は、野球部のキャプテンをつとめている。ポジションはサードで、打順は四番——昔の野口さんとまったく同じだった。


野口さんの名前は、中学校の野球部の歴史に燦然《さんぜん》と光り輝いている。

野口さんは一年生の夏から四番を任《まか》されていた。野口さんはレフトの先のプールまでホームランをとばした。野口さんは遠投で百メートル投げていた。野口さんのライナーの打球を捕《と》りそこねた相手チームのピッチャーは鼻の骨を骨折した。野口さんは全打席敬遠されたことも何度もある。野口さんがサードにいるので、相手チームは決して三塁線にはバントをしなかった。野口さんが三年生になると、県内で強豪《きょうごう》と呼ばれるすべての高校の監督が試合を見に来た。

野口さんは、野口さんは、野口さんは、野口さんは……。

僕たち後輩は、いつも野口さんと比べられた。もちろん勝てるわけがない。顧問の戸山《とやま》先生やOBは、「だからおまえらはだめなんだ」と言うために野口さんの名前を使っていた。

でも、野口さんがプロをクビになってからは、その回数はめっきり減った。

何年かたつと、野口さんの名前の使われ方も変わってしまうんだろうか。

野球に夢中になって勉強をちっともしない部員や、試合で活躍してちやほやされている部員に――「しっかりがんばらないと野口みたいになっちゃうぞ」。

実際、戸山先生は、学年末試験の成績が落ちてしまった僕に言ったのだ。

「川村《かわむら》もキャプテンになって忙しいのはわかるけど、勉強もちゃんとやれ。野球だけで人生やっていけるほど甘くないんだからな。野口を見てたらわかるだろう」

僕は黙ってうつむくだけだった。二年前、入部したての僕たちに「野口先輩を目標にしてがんばれ！」とハッパをかけたことを、先生はもう忘れてしまったんだろうか……。

野球部の部室の壁には、『野口さんコーナー』と呼ばれる一角がある。ドラフトで指名されてから入団するまでの新聞記事の切り抜きが貼《は》ってある。

ほんとうは、その後も切り抜きはどんどん増えるはずで、そのためのスペースもたっぷり空《あ》けてあったのに、入団一年目と二年目の切り抜きは一枚もなかった。

去年のキャプテンだった嶋岡《しまおか》さんは、高校時代の地方予選の記事を探してきて貼った。

僕がキャプテンになってから、切り抜きはもう一枚増えた。中学時代の野口さんが四打席連続ホームランを打った試合のスコアを、コピーして貼ったのだ。

過去にさかのぼるだけだ。野口さんの歴史は、未来へは延びていかない。

部室の僕のロッカーには、野口さんにまつわる最新の――そしてたぶん最後になる、新聞記事の切り抜きが入っている。クビ、つまり自由契約になった選手を発表した記事だ。チーム名と選手名が書いてあるだけの自由契約公示は、なんだか訃報《ふほう》みたいだった。

その切り抜きを壁に貼れば、『野口さんコーナー』は完成する。

でも、僕はまだ、それを貼れずにいる。

野口さんの実家の場所は、学校からそんなに遠くない。金属バットの打球音や練習中のかけ声も聞こえるかもしれない。

野口さんがふるさとに帰ってきたと知ったときから、ずっと思っていた。

僕たちのコーチになってほしい――。

プロ選手のうちは無理でも、いまなら、できる。野口さんの打つ球でノックを受けてみたいし、内角球を引っぱるのが得意な僕の打球が野口さんの脇《わき》を抜けてヒットになるかどうか試してみたい。たとえ一球ずつでもキャッチボールができたら最高だ。なにより、グラウンドに立つ野口さんの姿を見たい。高校野球の地区予選はテレビで観るだけだったし、プロの三年間はテレビに映ることすらなかった。じかに見てみたい。コーチをしてくれなくても、話ができなくてもいい。せめて、野球をする野口さんの姿を見たかった。

野口さんも、野球をしたいんじゃないですか？　『野口さんコーナー』の写真に、ときどき心の中で語りかける。入団発表のときの写真だ。同期入団の選手と並んでガッツポーズをした野口さんは、とても晴れやかでうれしそうな顔をしている。八人いた同期生の中で自分が真っ先にユニフォームを脱ぐことになるとは、あの頃は夢にも思っていなかっただろう。

プロの人生は終わっても、野口さんの人生はつづく。野口さんは、もうこれからずっと野球をやらないんだろうか。野球のことが嫌いになってしまったんだろうか。

僕は野球が好きだ。勉強の百万倍ぐらい大好きだ。野口さんもそうだったと思う。絶対にそうだったんだ、と信じている。まだ二十一歳の野口さんがこれから一生野球を嫌いなままでいるなんて、そんなのは絶対にいやだ。

春休みに入ってすぐ、手紙を書いた。

僕は野口さんの後輩です、と自己紹介して、練習を見にきてください、できればコーチもしてください、お願いします、と書いた。何度も清書し直した手紙を、部活の帰りに遠回りして、野口さんの実家の郵便受けに直接入れた。胸をどきどきさせながらカーテンが閉じたままの二階の窓を見上げ、神さまや仏さまにお祈りするように手を合わせてから、ダッシュした。

体がぐいぐいと風を切る。しばらく走ると汗が噴《ふ》き出した。でも、息は切れない。シーズンオフの間は一日五キロをノルマに毎日走り込んだ。部員には「厳しすぎる」と評判が悪かったけど、新チームになった十月頃に比べると、みんな確実にスタミナがついた。四月には郡の大会がある。そこで優勝すれば県の大会が待っている。目標は、野口さんがキャプテンだった年と同じ、県のベスト8。夢は、もちろん、優勝。

その夢の先には、甲子園がある。文武両道《ぶんぶりょうどう》で知られる県立高校を受けるつもりだ。大学受験はともかく、甲子園のほうは正直言って少し遠い。でも、あきらめたらそこでおしまいだ。

甲子園の先には、もっとはるかなプロ野球という夢だってある。無理だというのはわかっているし、ありえないありえない、と想像するたびに笑ってしまう。それでも、もしかしたら、ほんとうに夢の夢のまた夢でも——あきらめたら、おしまいなんだと思う。

走る。体が軽い。膝《ひざ》がはずむ。足首がバネのように気持ちよく縮《ちぢ》んで伸びるのがわかる。この半年で、身長が七センチも伸びた。野口さんは中学三年生に進級する前、身長がどれくらいあったんだろうか。

国道の交差点がゴール。ショコが待っていた。ショコも陸上部の練習帰りだった。「会えた?」と訊かれて、「郵便受けに入れてきた」と答え、「チャイム押さなかったし、最初は手紙をゆっくり読んでもらったほうがいいから」と言い訳みたいに付け加えた。

ショコと付き合いはじめたのは冬休みからだった。「翔子《しようこ》」を縮めて「ショコ」。女子の友だちは「ショコたん」と呼んでいるけど、さすがに、そこまではちょっと——いまでも「ショコ」と呼ぶのは心の中だけで、声に出して呼ぶときは「遠藤《えんどう》さん」だし。

「野口さん、来てくれると思う?」

「うん……信じてる」

「怒ったりしてないかなあ」

「なんで?」

「だって……」

「来てくれるかどうかはわからないけど、怒るわけないだろ」

僕は笑って言った。「ファンレターみたいなものなんだから、うれしいに決まってるって」ともつづけた。自信があった。野口さんのことをまだ応援して、憧《あこが》れているファンがいるんですよ、と伝えれば、寂《さび》しい帰郷をした野口さんも元気になってくれるはずだ。

でも、ショコは「うん……」と煮《に》え切らない相槌《あいづち》を打つだけだった。

「なんだよ、文句あるんだったら言えよ」

せっかくのアイデアと、それを実行に移した勇気に水を差されてしまった気がして、僕は口をとがらせた。

「文句なんて、べつにないけど」

「だったら、よけいなこと言うなよ」

「わたし言ってないよ、なにも」

「……そうだけど」

話が途切れた。いつもは国道をまっすぐ進むのに、ショコは途中の交差点まで来ると「宿題あるから遠回りやめる」と横断歩道を渡ってしまった。


翌日の午後、フリーバッティングの練習中に、野口さんはグラウンドにやってきた。一瞬胸が浮き立ったけど、次の瞬間、ため息と一緒に重く沈んだ。

上下スウェット姿だった。でも、それは体を動かすために着たのではなく、着替えるのが面倒だからパジャマ代わりのスウェットをそのまま着てきた、というだらしない雰囲気だった。髪もぼさぼさだし、無精《ぶしょう》ヒゲも生えているし、くわえ煙草《たばこ》で、缶ビールまで片手に持っていた。

練習が止まる。みんなも野口さんの異様な雰囲気に驚いたのか、グラウンドはしんと静まりかえってしまった。

野口さんは内野の真ん中をだらだらとした足取りで歩いてくる。マウンドをちらりと見て、へへっ、とつまらなさそうに笑って、ビールをぐびりと飲む。こういう日にかぎって、戸山先生は出張中でいない。

「おい、キャプテンって、どいつだ」

マウンドの横で足を止めた野口さんは、にごった声で言った。

僕が小走りにマウンドに近づいていくと、「なに考えてんだよ、これ」と手紙を突き出された。「ふざけんなよ、てめえ、なめてんのか」

破られた。みんなの目の前で、ビリビリに。

ふざけんなよ、ふざけんなよ、てめえ、と野口さんはうめくようにつぶやきながら手紙を細かくちぎって、それをグラウンドに捨てた。風が強かった。手紙のかけらは紙吹雪のように一瞬ふわっとふくらんで、空中で散らばった。

「今度こんなことやったら……殺すぞ」

野口さんは煙草の吸い殻《がら》をグラウンドに捨て、ビールを一口飲んで、僕たちに背中を向けて歩きだした。

くすぶった煙をたちのぼらせながら、吸い殻が転がる。風に運ばれた手紙のかけらは、もうどこまで飛んでいったのかわからない。

「明日も来てください！　コーチしてください！」

思わず言った。帽子を取って深々と一礼した。顔を上げると、野口さんはあきれ顔で「おまえ、ばかじゃねえのか？」と言って、また歩きだした。

僕はかまわずつづける。

「お願いします！　明日も待ってます！」

声が裏返った。野口さんは振り向くかわりに、地面にツバを吐《は》いた。その背中のずっと先のほうで、走り高跳びの順番待ちをしていたショコがこっちを見ていた。

「川村って意外と残酷だよなあ」

練習のあと、部室で仲根《なかね》に言われた。「なにが？」と訊くと、仲根のそばにいた小《こ》島《じま》も「っていうか、おまえ、無神経」と苦笑して、『野口さんコーナー』に顎《あご》をしゃくった。「あんなことしたら、いやがるに決まってるだろ」

「そんなことないって」

僕はムッとして言い返した。「だって、ほんとに怒ってたら最初から来ないだろ。来たんだから、やっぱり、まだやる気あるんだよ」——でも、二人は、まいっちゃうよなあ……というふうに顔を見合わせて笑うだけで、部室にいたほかのみんなも、そうだよ、とは言ってくれなかった。

「で、どうするんだよ、おまえ本気で明日も待つのか？」「やめとけって、練習の邪魔だし、今度はもっとヤバいことされちゃうかもしれないだろ」「そうそうそう、俺、さっきカツアゲされちゃうんじゃないかってビビッたもん」「体デカいから、殴《なぐ》られたら死ぬね、マジ、絶対に死んじゃうね」「もしそうなったら、川村、キャプテンなんだから、おまえ責任取れよ」

二人に交互に言われたときには「だいじょうぶだって」と繰り返した僕も、帰り道にショコに訊かれた問いには答えられなかった。

ショコは「見てたよ」と言って、「一つ質問していい？」と僕の顔を見ずに訊いたのだ。

「野口さんにコーチに来てもらうのって、誰のため？」

そこまでなら答えられた。野球部のために決まってるだろ、ほかになにがあるんだよ、と笑って言えるはずだった。

でも、ショコは僕が返事をする前に、つづけた。

「もしも野口さんのためにしてるんだったら、わたし、それ、おせっかいだと思う」

違うよ——。

すぐに言えばよかった。でも、不意をつかれて一瞬「え？」と間が空《あ》いてしまうと、そのあとは言葉が出なくなった。

違うよ、そんなのじゃないよ、野口さんのためとかなんとか関係ないって――。

頭にはくっきりと浮かんでいるのに、それを口に出そうとすると、急に嘘っぽく感じられてしゃべれない。

「川村くんって、がんばれば夢は必ずかなうって思ってるでしょ」

「え？」

「なんか、そういうタイプだよね」

突き放された、ような気がした。

風が吹く。ひときわ強く。国道沿いの畑の土が舞い上がる。ショコはあわてて目と口を閉じてスカートの前を押さえ、「春先って、埃《ほこり》っぽいから嫌い」と言った。キライ――というところだけ、声がとがっているようにも聞こえた。

三月から四月にかけて、僕たちのふるさとには強い西風が吹きわたる。日によっては中国大陸から黄砂《こうさ》も飛んでくる。三塁を守っていると、小さな砂がショートのほうからひっきりなしに飛んできて、腕や頬に当たる。高く上がったフライは風に流されるし、ゴロは砂を煙幕《えんまく》みたいに舞い上がらせるし、得意の内角球を思いきり引っぱっても、打球はたいがいファールになってしまう。

「走り高跳びのバーもけっこう落ちてたもんな」

話題を野口さんのことからそらしたくて、僕は言った。

助走の途中や、まだ助走にも入っていない段階で、バーが風にあおられて落ちてしまう。さりげなく見ていると、ショコは何度も助走を途中で打ち切って、いらだったようにスタート地点へ戻っていた。やっと跳んでも、それほど高くはないはずなのに失敗つづきだった。

「ああいうのって、集中力が切れちゃうだろ」

「うん……でも、それ、みんな同じだから。跳べないのは自分のせい」

「スランプ？」

「実力」

ショコはそっけなく言って、「県体は無理だね」と笑った。陸上部も野球部と同じように、四月に郡の記録会があり、上位に入賞すると県体——県の体育大会に出場できる。一緒に県の大会まで出よう、というのが僕たちの目標だった。

「まだ時間あるから、だいじょうぶだよ」

「全然だいじょうぶじゃないよ、冬から記録伸びてないし、東中にすごく跳べる子がいるってウワサだし」

「がんばれよ、弱気になってたら最初から負けなんだから」

励ましたつもりだったのに、ショコは大げさなため息をついて、あーあ、と笑った。

「ほら、やっぱり川村くんって、そういうひとなんだ」

また突き放された。

「なんだよ、それ」

「がんばってもどうにもならないことって、たくさんあるんだよ」

「そんなことないって、そんなの言い訳だろ」

「川村くんって、ザセツしたことないんじゃない？」

「……失敗とか絶望とかの、挫折《ざせつ》？」

意味は知っている。でも、したことがあるかないかと訊かれたら、よくわからない。

「だって俺……」言ってから、考えた。「あ、そうだ、秋の新人戦で負けただろ、それ、すごい悔しかったし」

「悔しさと挫折とは違うんじゃない？」

「そうかなあ……そんなことないと思うけどなあ……」

歩きながら首をひねっていたら、隣にショコがいないことに気づいた。あれ？　と振り向くと、ショコは立ち止まっていた。寂しそうに笑っていた。

「ごめん、今日、こっちから帰る」

早口に言って、くるっと向きを変え、来た道を引き返して歩道橋を渡った。

取り残された僕は、追いかけたい気持ちを無理やり押さえつけて、歩道橋の階段を上りきったショコに、小声で「ばーか、ブース」と言った。

歩きだす。まっすぐ行って左に曲がれば、昨日、野口さんの家を訪ねたときの道に出る。野口さんはまだ町をぶらぶら歩いているんだろうか。もう家に帰っただろうか。町にいても、家の中にいても、あのひとは、これからどうするんだろう。

ばかだな。自分でも思う。野口さんの家のすぐそばまで来て、四つ角《かど》の陰に隠れて、玄関の様子をうかがって……それでなにをしたいのか、わからない。

陽が暮れた。そろそろ帰らないと晩ごはんに間に合わない。風はあいかわらず強いし、陽が落ちてからは冷たくもなってきた。

あと百数えたら帰ろう、とカウントダウンを始めて、残り二十になったとき――野口さんの家から誰か出てきた。背広を着た中年のおじさんだった。「また明日、顔を出します」と玄関の中にいるひとに挨拶《あいさつ》をすると、エプロンをつけたおばさんが外に出てきて、すみません、すみません、と申し訳なさそうに頭をぺこぺこ下げた。

「隆也くんが帰ってきたら、よろしく伝えてください。また機会を見て、お邪魔しますから」

「はい……でも……」

「留守なら留守でいいんです、こっちが勝手に押しかけてるだけですから」

では失礼します、とおじさんが歩きだしてからも、おばさんは後ろ姿に向かって何度も頭を下げていた。

　僕はおじさんのあとを追った。気づかれないように距離をとって、このひと誰なんだろう、なんなんだろう、と考えながら歩いた。一つ思い浮かんだ。このおじさん、もしかしたらプロ野球のどこかの球団のひとかもしれない。野口さんの才能を惜《お》しんで、入団交渉に来たのかもしれない。どきどきする。まさか、まさか、ありえない、と思っても、でもひょっとしたら、の気持ちは消えない。

　おじさんは歩いて国道まで出ると、バス停のベンチに座った。バスを待っているのは、ほかには誰もいない。僕はそっとスポーツバッグから財布《さいふ》を出して、バス代があるのを確かめた。バスに乗ったほうが早くウチに帰れるんだもんな、べつにおかしくないよな、だいじょうぶだよな、と自分に言い聞かせて、バス停に近づいていった。

　次のバスまではあと十分近くある。いつもは大嫌いな田舎町の不便さが、いまにかぎってはありがたい。停留所のポールのまわりをうろうろして、ベンチの前をゆっくりと横切って、どんなふうに話しかけようか考えていたら、おじさんのほうから「野球部?」と声をかけてきた。

　びっくりして振り向くと、だってほら、とスポーツバッグを笑って指差した。財布を出したあとファスナーを閉め忘れていて、そこからグローブが覗《のぞ》いていた。

「西中です」と答えた。おじさんから話しかけてくれたおかげで、声がすんなりと出た。「そうか、中学生か」とうなずくおじさんに、「野口さんの後輩です」と言うこともできた。

「野口って、あの野口選手のこと？　きみらも知ってるの？」

おじさんはちょっと意外そうに言ったけど、すぐに「まあそうだよな、まだ四年前なんだもんな」とつぶやいた。そう——野口さんが町のヒーローになったのは、正確にはほんの三年半前のことだったのだ。

「憧れです」

「そうか……」

「みんな、野口さんのこと目標にしてます」

おじさんは苦笑交《ま》じりにうなずいて、「残念だったよな」と言った。「なかなかチャンスがめぐってこなくて、惜しかったよ、ほんと」

僕が野口さんの後輩だからではなくて、本気でそう思っている口ぶりだった。うれしかった。だから僕も勇気をふるって訊いてみた。

「おじさんは、プロ野球のひとなんですか？」

さっき僕が話しかけられたときよりも、おじさんはもっと驚いて、「うん……」と言った。

やった。正解。しかも、おじさんはつづけて「スカウトなんだ」とも言った。信じられない。夢がふくらむ。

「じゃあ……あの、いま、野口さんのこと、スカウトに来たんですか?」

おじさんはゆっくりと首を横に振って、自分のチームの名前を教えてくれた。野口さんをクビにした球団だった。

「四年前に彼をスカウトしたのが、おじさんなんだ」

夢は、ふくらんでいく途中ではじけた。

「結果的には、野口くんの人生……変えちゃったんだよなあ……」

おじさんは暗くなった空を見上げて、ため息をついた。「でも、素質はあったんだ、ほんとうに。いまでも指名したことは間違ってなかったと思うんだけどな」――話している相手は僕ではないんだ、と思った。

「野口さんに、会いに来たんですか?」

「ああ。ちょうど仕事のついでもあったから。甲子園はいまセンバツだけど、出場してない学校は春の県大会に向けて練習してるからな。いろんな高校を見てまわってるんだ」

「……謝ろうと思ってたんですか?」

少し間をおいて、「なにを?」と訊き返された。

「だから……野口さんをスカウトして、人生、変えちゃったこと」

おじさんは答えるかわりに、じっと僕を見つめた。にらむような強い視線だったけど、不思議と、怒っているんだとは思わなかった。

「きみなら、どう？　謝ってほしい？」

僕は黙ってうつむいた。わからない。僕なら——ほんとうは、怒って、恨《うら》んで、責任取れよ、なんて言いたい。でも、ほんとうのほんとうは、そんなこと言っちゃだめなんだ、絶対にだめなんだ、とも思う。

おじさんは「ごめんごめん」と笑った。「中学生だもんなあ、そんなこと訊かれたって困るよなあ」

うつむいたまま、僕は首を横に振る。

「高校に入ったら甲子園目指すんだろ？　中学のうちにしっかり走り込んどけよ。背も高いし、いい選手になるんじゃないか？　意外と、何年かしたら、おじさんのチェックノートに入ってるかもしれないしな」

冗談めかして言われても、うまく笑えない。おじさんもそれ以上はつづけず、またしばらく間をおいて、「四年ぶりだよ、ここでバスを待つのも」と言った。

「プロに入ってから、野口さんと会ってないんですか？」

「スカウトなんて、そういうものだよ。入団するまでが仕事だからな。あとはコーチや監督や……本人に任せるしかない」

けっこう悔しかったりするんだぞ、それ、と笑う。二軍にずーっといる選手の場合は特にな、と付け加える。どう応えていいかわからない僕に、「ま、中学生のうちはそんなの考えなくていいよ。野球、楽しいだろ？　好きだろ？　思いっきりやれよ」と肩をぽんぽん叩《たた》くような口調で言う。

励ましてもらうと、かえって居心地が悪くなる。バス、まだ来ないんだろうか。なにやってるんだよと車道に目をやった、ちょうどそのとき、野口さんの家のほうから自転車がこっちに向かってくるのが見えた。全力疾走のスピードだ。急いでいる。あせっている。野口さんが、お尻を浮かせて必死にペダルを漕《こ》いでいる。

おじさんはベンチから立ち上がった。おおっ、と声をはずませた。

急ブレーキをかけて自転車が停《と》まる。昼間と同じスウェット姿の野口さんは、僕を見て、なんでおまえがここにいるんだよ、と怖《こわ》い顔になった。でも、すぐにおじさんに向き直って、荒い息のまま「なんで来る前に連絡してくれなかったんですか」と言う。「いま帰ってきて、おふくろから聞いて、もう、びっくりしちゃって……」

「元気そうだな」

「そんなことないです、なんか……ちょっと、なかなか……」

はあはあ、ぜえぜえ、と喉《のど》を鳴らしながら、野口さんは言った。「今日も、パチンコばっかりしてて」と、謝るみたいに頭を下げる。

おじさんは笑った。ばかにしたのではなく、あきれたのでもなく、わかるぞ、というふうに笑って、「でも、元気そうだ」と言った。

「……そうですかねえ」

「酒を飲みたかったんだ。ほら、スカウトに来たときはまだ未成年だったから」

野口さんは、へへっ、と笑った。照れくさそうだったけど、昼間のようなつまらなさそうな笑い方ではなかった。

「愚痴《ぐち》ばっかりですよ、酔っちゃうと」

「いいさ。それを聞いて、スカウトの仕事は終わるんだ」

野口さんは、また笑う。今度は照れ笑いでもなくて、頬をひくつかせた泣きだしそうな笑顔になった。

「あの……おふくろに聞いたんですけど……仕事のこと……」

「この仕事を十年以上やってるとな、顔だけは広くなるんだ。気が向いたらでいいから、連絡してみろ」

バスが来た。一つ手前の赤信号で停まっている。野口さんはもう笑わない。黙っておじさんにおじぎをして、下を向いたまま、「今日、泊まりですか」と訊いた。

「駅前のホテルに泊まって、明日は朝イチで移動だ」

「駅前だったら、汚い店ですけど、山菜とか美味《うま》い店があるんですよ」

「へえ、いいな」

「俺、酔うと、愚痴ばっかりになっちゃうけど……」

「それに付き合うのが、俺たちの最後の仕事だって言っただろ」

ふと気がつくと、おじさんも泣きそうな顔で笑っていた。

国道の信号が青になる。バスが動きだす。野口さんは乗ってきた自転車を振り向いて、ちょっと困った顔になった。僕と目が合った。にらまれた。でも、「おまえ、後輩だよな」と訊く声は怒っていなかった。

「ちょっと、頼みがあるんだけど……」

僕にも、自分がなにをすればいいかはわかる。野口さんは僕の憧れの先輩で、目標で、夢で、家の場所だってよく知っている。

「乗って行きます」

自転車に駆け寄ってスポーツバッグを前カゴに載《の》せ、スタンドを跳《は》ね上げた。「玄関の前に停めときます」と言ってサドルにまたがり、その勢いのままペダルを踏み込んだ。二人がバスに乗り込むところまでは見送らない。そういうのは、やっぱり、なにか、うまく言えないけど、違う、と思う。

スピードを上げた。途中でバスとすれ違った。後ろは振り向かない。ショコがいればよかったのに。ショコに見せてやりたかった。明日、話そう。これっておせっかいじゃないよな、と訊いてみよう。俺、ちょっとわかった、と言ってやろう。なにがわかったのかはわからないけど、なにかがわかったんだとわかった。ややこしくても、ショコなら、よかったね、と笑ってくれるような気がする。がんばれば必ず夢はかなう――と信じるのをやめるかどうかは、まだ決めていないけど。

春休みも残り半分になった頃、ウワサが流れてきた。

野口さんは、西中のグラウンドを借りた早朝野球でホームランを打ったらしい。レフトの先のプールをさらに超えた、超特大の一発だったという。

早朝野球のチームの監督は、野口さんの再就職先の信用金庫の支店長でもあった。先輩の行員に連れられてスーパーカブで顧客《こきやく》回りをしている野口さんを見かけた、と野球部の何人かが言っていた。野口さんの顔を覚えているどこかのおじさんが「がんばれよお」と声をかけたら、スーツにヘルメットをかぶった野口さんは、大きな体を縮めておじぎしていたらしい。

甲子園のセンバツが終わるのと入れ替わるように、プロ野球が開幕した。新聞のスポーツ欄で確かめると、開幕戦に出場したルーキーは、十二球団で三人しかいなかった。一人は、野口さんのいたチームの中継ぎピッチャーだった。あのスカウトのおじさんが担当した選手かどうかは知らない。

僕は、部室の『野口さんコーナー』に、自由契約公示の切り抜きを貼った。

野口さんがグラウンドに再びやってきたのは、春休み最後の、そしてこの春最後になった強い西風が吹きわたる日だった。

スーツ姿の野口さんは、戸山先生に「先日はたいへんお世話になりました」とあいさつした。野口さんの顧客第一号は戸山先生だった――と、あとで知った。

この町のおとなは冷たいんだろうか。優しいんだろうか。それは、僕自身がおとなになったときに初めてわかるのかもしれない。

風が強い。テニスコートでは軟式テニス部の連中がサーブのトスを上げるのにも苦労していたし、走り高跳びの練習をするショコは、もっと大変そうだった。

野口さんは僕と目が合っても特別な表情は見せてくれず、話しかけてもくれなかった。

でも――。

シートノックでサードのポジションについた僕は、レフト側のファールゾーンで戸山先生と立ち話をしている野口さんの位置を確認してから、ゴロをわざとトンネルした。

狙《ねら》いどおり、ボールは野口さんのほうへ転がっていく。

「捕《と》ってください！」

帽子を取って叫《さけ》ぶと、野口さんは軽いしぐさでボールを拾い上げた。ゆっくりと大きく振りかぶって、僕のかまえるグローブに投げ返す。

強い西風にも負けずに、白い矢のような送球が、グローブにまっすぐ吸い込まれていく。パーン！　と響き渡った音は、まるでスタートの号砲《ごうほう》みたいだった。

グローブをはめた左手が痺《しび》れた。やっぱりすごい。「ありがとうございました！」とお礼を言って、グローブをはずして手のひらに息を吹きかけていると、ちょうどショコが助走を始めたのが目に入った。

ショコが跳ぶ。体をよじって、きれいなフォームの背面跳びでバーを越え、背中からマットに落ちるのが、スローモーションの映像のようにゆっくりと、くっきりと、見えた。

ショコはマットから起き上がって、やったあ！　と両手を突き上げた。

拝復、ポンカンにて

カズユキは、新幹線ではなく夜行の寝台特急の切符を買った。口では「矢沢のエーちゃんも広島から夜行列車で上京したんじゃけえ」と、憧れのロックスターの逸話《いつわ》を借りて粋《いき》がっていたものの、ほんとうの理由はそんなカッコいいものではなかった。

夜行列車は、三月三十一日の夜七時頃にこの町を出る。東京に着くのは翌日の早朝——東京駅からまっすぐ向かえば、午前中の入学式に間に合う。受験のときから参考書以上に繰り返し読んできた『ポケット地図　東京』の路線図でちゃんと確かめてある。万が一間に合わなかったとしても、学生の数の多いことでは全国でも一、二を争うN大学だ、新入生の一人や二人来なくてもどうってことはないだろう。

新幹線だとそういうわけにはいかない。夜七時頃にこの町を出る『ひかり』は、すべて新大阪止まりだったし、翌朝一番の『ひかり』では入学式が終わった頃に東京駅に着いてしまう——まだ新幹線に『のぞみ』がなく、『ひかり』もいまよりずっと遅かった時代の話だ。カズユキの町から東京までは、夜行で十二時間、新幹線で六時間半かかった。

「午後の新幹線で行きゃあよかろうが」

親父さんは言った。おふくろさんも「夜行はしんどいよ」と心配顔になった。実際、進学や就職で上京する友だちは何人かいたが、わざわざ夜行を使う者は誰もいなかった。それでも、カズユキは夜行にこだわった。矢沢永吉を持ち出し、寝ている間に東京まで着くほうが合理的なんだ、お得なんだ、と言い張り、しまいには「俺、新幹線は好かんのじゃ」と理屈にもならない理屈を持ち出して、夜行での上京を両親に認めさせたのだ。

新幹線なら、午後三時頃には家を出なければいけない。夜行なら、午後六時――少し急いで駅に向かうのなら、ぎりぎり六時半あたりまで家にいられる。

その三時間あまりの差が大きかった。

いや、大きいんだと思っていた。大きくて、たいせつで、かけがえのない三時間だと自分自身に言い聞かせていた。

絶対に口には出さない。誰かに「おまえ、ひょっとして……」と訊《き》かれても、認めない。

高校時代は、たいして度胸も腕っぷしもないのにツッパリの仲間に入って、親をさんざん困らせてきた。東京の大学を受験することだって、地元の大学を勧める両親に逆らって決めた。「こげな家、早《はよ》う出て行きたいんじゃ」とまで言った。

そんなカズユキが、念願かなって上京するときに、ちょっとでも長く家にいたいと思っているなんて……なにがあっても認めるわけにはいかないのだ。


カズユキは切符を自分の部屋の壁――エーちゃんのポスターの隣に画鋲《がびょう》でとめた。昨日までは引っ越し荷物の段ボール箱が積み上げられていたが、今朝引っ越し業者が取りに来たので、部屋はがらんとしている。見慣れた部屋の風景が変わったことで、逆に、もうここで過ごす日々は終わりなんだ、とさっぱりした。

いよいよ、だ。

念願の、待望の、夢にまで見た一人暮らしが、いよいよ始まる。

「うれしいか?」と誰かに訊かれたら、ためらうことなく「あたりまえじゃ!」と声をはずませるだろう。

だが、もしも別の誰かが「さびしいか?」と訊いてきたら――。

うつむいて、間をおいて、「まあの……」と答えるしかなかった。


三月三十一日。

高校を卒業してからは「受験の疲れを取るんじゃけえ」と毎日昼前まで寝ていたカズユキが、その日は早起きをした。目覚まし時計をセットしていた時刻よりも二十分も前に、自然と目が覚めてしまった。

部屋を出て、居間に向かった。朝食をとっていた両親に「おはよう」と言った。いかにも眠たげな、ぶっきらぼうな声を、わざとつくった。

明日からは朝起きても「おはよう」を言う相手はいない。「行ってきます」も「ただいま」も「おやすみ」も……一人暮らしとは挨拶《あいさつ》をする相手のいない暮らしのことなんだ、と嚙《か》みしめた。

「今朝は早いんやねえ」

おふくろさんはびっくりした顔で言って、「張り切っとるん？」とからかうように笑った。

ちょうど朝食を食べ終わるところだった親父さんは「夜行は寝られんけえ、昼寝でもしとけや」と言って、朝刊を広げて読みはじめた。

両親の言葉には確かに「今日ならでは」のものがあったが、表情や口調はふだんと同じだった。親父さんがお茶を啜《すす》るズズッという音も、おふくろさんが冷蔵庫のドアを閉める音も、昨日までとなにひとつ変わらない。

なんとなく拍子《ひょうし》抜《ぬ》けした気分だった。めそめそしたり、しんみりしたりするのは好きではない。だが、ちょっとぐらいは「いつもの朝」を「最後の朝」にして盛り上げてくれてもよさそうなものだが……。

おふくろさんがつくってくれた朝食も、トーストに目玉焼きという、ごくふつうのものだった。もしかしたら、と思い描いていた赤飯ではなかった。鯛《たい》の尾頭《おかしら》付きもなかった。

おふくろさんは朝食の皿を、台所のテーブルに並べた。これも、いつもどおり。親父さんと差し向かいがうっとうしいので、朝食はいつもそこで食べていた。

居間をチラッと見ると、親父さんは新聞に読みふけっていた。

俺も今朝はそっちで食べようかな——と軽く言えれば苦労はない。こういうときにはおふくろさんが先に気を利かせて居間のテーブルに皿を並べるべきなのだ。あるいは親父さんが「最後だからこっちで一緒に食おう」と誘ってくるべきなのだ。ほんとにウチの親は、そういうところドンカンなんだよなあ……とトーストをかじり、目玉焼きにソースをかける。

「下宿しても、朝ごはんはちゃんと食べんといけんよ」

フライパンを洗いながら、おふくろさんがぼそっと言った。

親父さんも新聞をめくりながら「野菜じゃ、野菜」と言う。

そういう一言がたまに出てくるから、フクザツで、ヤッカイで、なんというか、困ってしまうのだ。

カズユキは朝食のあと必ずトイレに行きたくなってしまう。「大」である。今朝もいつもどおり、もよおしてきた。時計を見る。親父さんが出勤する時間には、まだちょっと余裕がある。

よし、とトイレに入った。考えてみれば、わが家のトイレで「大」をするのも、これが最後なのだ。

いや、でも、「最後」ってことはないか、夏休みには帰省するんだし。冷静な自分が言葉の誤りを正す。しかし、それをさらに、別の自分がひっくり返していく。

今日まで十八年間ずっと両親と一つ屋根の下で暮らしていた。時にはうっとうしいこともあったものの、ここはまぎれもなく「わが家」だった。だが、上京してからは違う。たとえ六畳一間のアパートでも、そこが「わが家」だ。東京に慣れて、カノジョでもできれば、さらに「わが家」度は増すだろう。そして、この家はあくまでも「田舎の実家」になってしまう。今日は、やはり、この家を「わが家」にして過ごす最後の一日なのだ。

トイレの外で物音が聞こえた。両親の話し声と足音が近づいてくる。

「ほんなら、お父ちゃん、会社に行くけん」

え——？

「東京に行ったら、風邪やらひかんようにして元気でがんばれや」

ちょっと待ってよ、すぐ出る、すぐ出るから、と引き留める間もなく、親父さんの足音は遠ざかっていく。

これで終わり——？

一人息子がわが家を出て行く朝に、父親からのはなむけの言葉、これだけ——？

カズユキはお尻を出してしゃがんだ間抜けな姿勢《しせい》で、ただ呆然《ぼうぜん》とするだけだった。

なんとか気を取り直してトイレから出ると、おふくろさんはＮＨＫの朝ドラを観ていた。

「……お母ちゃん」

「うん？」

「お父ちゃん、なんか俺のこと言うとった？」

その可能性は大いにある、と思っていた。照れ屋で無口な親父さんだ。正面から向き合って語るよりも、おふくろさんにメッセージを託《たく》すほうが自然でもある。

だが、おふくろさんはテレビから目を離さず「べつに、なんも言うとらんかったよ」と軽く答え、せんべいをバリッとかじった。

「ほんま？」

「うん……ちょっと黙っといて、いま、ええところなんよ」

毎朝欠かさず観ていた紺野美沙子主演の『虹を織る』が、最終回を四日後に控え、いよいよクライマックスにさしかかっているのだ。

カズユキはまた拍子抜けして、戸口にたたずんだまままため息をついた。おふくろさんはまたせんべいをバリッとかじった。


自分の部屋に入ると、やっぱり新幹線にすればよかっただろうか、と後悔がじわじわ湧《わ》いてきた。あと十時間以上——夜行列車に決めたときには最後の一日は貴重なんだからと思っていたが、実際にその日になってみると、することはなにもない。

上京の手荷物はすべてスポーツバッグに詰めてあるし、音楽を聴こうにもラジカセはすでに引っ越し業者が運び出してしまった。部屋の本棚に残してあるマンガも、東京に持って行くリストからはずれたものばかりなので、たいして面白くない。

作戦ミスだった。わが家で過ごす最後の一日というものを過大評価していた。風呂場から洗濯機を回す音が聞こえ、ほどなく、それに掃除機の音も重なった。

おふくろさんはふだんどおりに家事をこなしている。親父さんもいまごろ、ふだんどおりに会社で仕事をしているだろう。

居間に下りて、テレビでセンバツの高校野球を観た。畳に寝転がっていたら、カゴに入れた洗濯物を両手に抱きかかえたおふくろさんが入ってきて、「ちょっと、そこ邪魔、どいて」と言われてしまった。

「ごろごろしとるんやったら、クリーニング屋さんに行って、服もろうてきて」

ごろごろ——という一言が耳に刺さった。

「あと、お昼ごはん、お弁当でも適当に買《こ》うてきて」

適当に——という一言が胸を締めつけた。

俺、なんのために夜行列車にしたんだろう……。


クリーニング店に向かって自転車をとばしながら、カズユキは何度もため息をついた。

張り切りすぎていた。空回《からまわ》りだった。両親もさびしがっているだろう……と、うぬぼれていたのかもしれない。

考えてみれば、ツッパリ仲間にくっついていたせいで親に迷惑と心配ばかりかけてきたのだ。大学に現役で合格してなんとか帳尻《ちょうじり》は合わせたものの、高校時代は警察や学校に呼び出されたり、遊びに来る友だちのバイクの騒音でご近所から苦情が出たりと、ろくな息子ではなかった。

意外とせいせいしてるのかもな。ふと思った。だから夜行じゃなくて新幹線にしろと言ったんだろうな。少しでも早く俺を追い払いたくて、俺の顔なんかこれ以上見たくなくて……そういえば、親父の声もおふくろの声もそっけなかったよなあ……。

しょんぼりとして家に帰って、暇を思いきり持て余しながら午後の時間を過ごしていると、おふくろさんがとどめの一言を言った。

「ほんなら、お母ちゃん、ちょっとパートに出てくるけん」

「今日、仕事なの？」

「ほうよ、今度からあんたの仕送りでお金がかかるけん、パートの曜日を一日増やしてもろうたんよ」

「……帰り、何時？」

「七時過ぎかなあ。もうあんた、駅に行っとるやろ」

「うん……」

「戸締まりだけ、ちゃんとして行ってな」

家にはカズユキ一人だけ残された。「行ってらっしゃい」とおふくろさんを見送るのが最後の一言になるなんて想像もしていなかった。

「行ってきます」と言うのは俺のほうじゃなかったのか？　おふくろは玄関で涙ぐみながら「行ってらっしゃい」と俺を見送るはずじゃなかったのか？

やっぱり、俺……うぬぼれていたのかな。

落ち込んだまま家を出て、落ち込んだまま駅に向かい、もしかしたら両親が駅に見送りに来てくれるかもしれないという最後の希望を託してホームを見渡し、誰もいないのを確かめて、泣きだしたい気持ちで列車に乗り込んだ。

席について、マンガでも読もうかとスポーツバッグを開けると——着替えの奥に、黄色いものを見つけた。

こんなもの入れたっけ、と怪訝《けげん》に思いながら取り出してみると、それはポンカンだった。

鮮やかな黄色の皮に、サインペンで文字が書いてある。

〈悔《く》いのないように大学生活を送ってください　父〉

〈健康第一でがんばってください　母〉

二人の字だ。間違いない。親父さんとおふくろさんの字だった。カズユキが出かけている隙《すき》に、おふくろさんがこっそりバッグに入れたのだろう。親父さんも書いているということは、もう、ゆうべのうちに作戦を立てていたのだろう。

列車が動きだす。ガタン、という揺れに紛《まぎ》らせて、へへっと笑った。

西の地方の夕暮れは遅い。空にはまだ夕陽の明るさがかすかに残っていた。窓の外をふるさとの風景が流れる。わが家で過ごした日々が遠ざかっていく。

カズユキはポンカンの皮を剝《む》いた。酸《す》っぱい果汁がピュッと飛び散って、目に染みた。

＊

以上が、三十年近く前の昔話である。

おとなになったカズユキさんから聞いた話を——職業柄、多少の潤色《じゅんしょく》は加えたものの、基本的にはそのまま再現してみた。

「どう思います？」

話を終えたカズユキさんは私に訊いてきたのだ。「作家の想像力でいくと、先にこのいたずらを思いついたのは親父でしょうかね、おふくろのほうでしょうかね」

そんなことを訊かれても困る。私は確かに小説を書いて生計《せいけい》を立てているが、作家は探偵ではないし、想像力と推理力とは違う。

カズユキさんの両親のことを知っていれば少しは考えることもできるのだが、あいにく両親どころかカズユキさん本人とも初対面同然だった。カズユキさんは妻の従兄《いとこ》だった。両親は私にとって義理の伯父と伯母になる。結婚式には三人揃《そろ》って出席してくれたが、付き合いはそのときに短い挨拶を交わしたきりだった。

うーん、とうなって首をかしげる私に、カズユキさんは「すみません、難しいですよね」と笑って、黒いネクタイの結び目をゆるめた。

「直接訊いたりはしなかったんですか？」

「そうすればよかったんですけどね、若いうちってやっぱり照れくさいでしょ。なーんにもなかったような顔して、ポンカンの話は一言も言いませんでした」

その気持ちは、同い歳の私にもわかる。

「でも、自分がその頃の親の歳になってくると、だんだん気になってくるんですよね」

それも、よくわかる。

「親父がおととし亡くなったときも、訊いとけばよかったなって後悔したんですけど、まだおふくろがいたんで、いつか訊こう、いつか訊こう、と思ってるうちに……」

気がついたらもうホトケさんですよ、とカズユキさんは背にした祭壇《さいだん》を振り向いて、苦笑交《ま》じりにため息をついた。

祭壇の中央では、モノクロ写真のおふくろさんが笑っている。

通夜《つや》の席だ。どうしても抜けられない仕事があって明日の告別式《こくべつしき》には出られないので、通夜に参列した。焼香《しょうこう》を終え、通夜ぶるまいに顔だけ出して義理を果たそうと思っていたら、喪主《もしゅ》のカズユキさんに引き留められ、昔話を聞かされたのだった。

「まあ、これで真相は闇の中ってことになったわけですけど」

「すみません、お役に立てなくて……」

「いやいや、僕もね、話を聞いてもらってうれしかったし、作家のひととお話しするチャンスなんて、そうざらにあるものでもないし」

カズユキさんはコップに残ったビールを飲み干《ほ》し、あらためて祭壇を振り向いた。

「真相っていうより、親父にもおふくろにもお礼が言えなかったんだなあって思うとね……いや、ほんと、うれしかったんですよ、美味《うま》かったんですよ、ポンカン……」

だが、親孝行はもうじゅうぶんに果たしているんだと私は思う。両親を東京に呼び寄せて、おだやかで幸せな晩年を送らせてあげた――それだけで立派なものですよ、と言いたい。年老いた両親をふるさとに放《ほ》ったらかしにしている私は、ほんとうは家族の物語など書く資格はないのかもしれない。

カズユキさんが向き直るのを待って、ビールを注いだ。目を潤《うる》ませていたカズユキさんは、気を取り直すように「でもねえ、僕は、おふくろだと思うんですよ」と笑いながら言った。「おふくろが息子を送り出す照れ隠しにいたずらを思いついて、親父を付き合わせたんじゃないかなあ、って」

だから――お返しをした。

ちょっと見てくださいよ、といたずらっぽい目で手招きされ、おふくろさんの棺《ひつぎ》を覗《のぞ》き込むと、いかにも安らかに目を閉じた顔の横に、ポンカンがあった。

「時季はずれなんで大変だったんですけど、会社の若い子に探し回ってもらって、なんとか間に合いました」

うれしそうに言う。「やっと、親父とおふくろのポンカンに返事が出せました」と、目はさらに赤くなる。

ポンカンはなにも書いていないほうを上に向けて置いてあった。ひょいと取り上げれば、カズユキさんの書いた言葉を読むことはできる。

だが、私はそこまで無礼な男ではないし、カズユキさんも「読んでみますか?」とは言わなかった。

白みがかった橙色《だいだいいろ》のポンカンを、じっと見つめる。

さあ作家の想像力の出番だぞ、と心の中でつぶやいて、いや違うな、と思い直した。

これは息子の想像力だ。娘の想像力でもいい。この世に生きているすべてのひとは、必ず誰かの子どもだ。ならば、ここから先は、私の文章を読んでくれているあなたに託そう。

子どもの想像力で――。

答えは永遠に空欄《くうらん》のままにしておこうか。

島小僧

今年の『桜会《さくらかい》』は荒れそうだ、と最初に言い出したのはフミヤだった。

僕にもその予感はあった。僕たちを取り巻くさまざまな状況を細かく考えるまでもなく、トオルさんがいる——それだけで、かなりヤバい。

「逃げるか」

タカが言った。

一瞬、僕もフミヤも心が動いた。

でも、そんなことをしたら、トオルさんがどれほど怒るか想像もつかない。それに、どんなに遠くまで逃げても逃げきれない。結局は、ここに帰ってくるしかない。僕たちが人生を賭《か》けてふるさとを捨ててしまわないかぎりは。

「おまえが電話したとき、トオルさん、どげな様子じゃった?」

フミヤに訊かれて、僕は思いだしたくもない記憶をたどって再現した。

電話はたった十秒で終わったのだ。「トオルさんですか、ヒロシです」「おう」「受かっとりました」「ん」「合格しとりました」「ん」「合格したんです、大学」「なんべんも言わんでもわかる」——で、向こうから切れた。おっかない声だった。荒々しく怒鳴《どな》ったりしなかったぶん、よけいトオルさんの不機嫌さがずしんと重く響いた。

「ヒロシはええがな、電話だけじゃけえ」

フミヤは直接顔を合わせた。住民票の転出届を市役所に出しに行ったら、仕事中のトオルさんに「おう」と呼び止められ、大阪の住所を書いた転出届を見られて、「ほーお、こんなん、四月から大阪か、大都会じゃのう、外国じゃのう」とイヤミたっぷりに言われた。

「アホ、おまえらはまだましよ」

タカの場合は、もっとヒサンだった。トオルさんが家まで来た。よろこんでいた。「おうおうおう、タカ、大学みな落ちたらしいのう。アホが背伸びするからじゃ。浪人か？　家で一年間しっかり勉強せえ。わしも九九なら教えちゃる」とうれしそうに言うトオルさんの期待を裏切って、「すんません……広島の予備校に行きます」と頭を下げた。うつむいた顔を上げられなかった。申し訳なさというより、怒りの形相《ぎょうそう》になったトオルさんと目を合わせる勇気がなかったのだ。

わかるわかる、とうなずいた僕とフミヤは、ため息も同じタイミングでついた。

「『桜会』なら、トオルさん、ぶち呑《の》むじゃろうのう」「呑まん理由がないわい」「呑んだら荒れるじゃろうのう」「荒れん理由があったら言うてくれ」「ケンさんやらアッシさんがうまい具合に間に入ってくれんじゃろか」「ほうじゃ、トオルさんも先輩は立てるひとじゃけえ」「いけんのよ、それが。ケンさんもアッシさんも、トオルがかわいそうじゃ、トオルの無念をどげんかして晴らしちゃらといけん、言うとりんさるけん」……。

今度は三人同時に、深々とため息をついた。

せめてもの救いは、これさえ切り抜ければ僕たちには新生活が待っている、ということだった。フミヤは大阪で就職して、タカは広島の予備校に通って、僕は東京の大学生だ。

「まあ、アレよ……」

僕は言った。「卒業試験じゃ思うたら、少々のことは我慢でけるわい」と、わははっ、と空笑《からわら》いした。

そういう考え方がトオルさんをいちばん怒らせているのは、よくわかっている。

そして、トオルさんはじつは怒っているのではなく悲しんでいるんだということも、僕たち三人、ほんとうはよくわかっているのだ。

本屋の前のバス停に立っていたら、待っているのとは違うバスが近づいてくるのが見えた。

「ヤバッ」とフミヤが小声で叫《さけ》び、タカは「かなわんのう」とうんざりした顔でつぶやいて、さりげなく本屋に戻ろうとした僕の肘《ひじ》をつかんだ。

クラクションを鳴らされた。ヘッドライトでパッシングもされた。運転席のアッシさんが笑いながら手を振っているのも見えた。

バスが停《と》まる。マイクロバスだ。ボディーにヘタくそな絵で、大海原《おおうなばら》に浮かぶ島が描いてある。その横には、絵よりもさらにヘタくそな字で『島衆号《しましゅうごう》』――絵を描いたのはケンさんで、字を書いたのはトオルさんだった。

ドアが開く。運転席からアッシさんが「おう、乗れや」と声をかけてくる。もう逃げられない。僕たちにできるのは、別の路線のバスを待っていた小学生や中学生に「こっち見んな、アホ」「なに笑《わろ》うとるんな」「あっち行っとけ」と八つ当たりすることぐらいのものだった。

アッシさんが運転しているのは、JRの駅と港の桟橋《さんばし》をノンストップで往復する市営のコミュニティーバスだ。本屋の前のバス停は路線から大きくはずれている。寄り道だ。服務規程違反《ふくむきていいはん》というやつだが、アッシさんはケロッとした顔で「これも営業努力じゃ」と言う。「ほれ、早《はよ》うゼニ払え、釣《つ》りの要《い》らんようにせえよ」――まっとうなバスなら通学定期ですむところを、百五十円払わされた。

それでも、僕たち以外には誰も乗っていない車内を見回すと、しょうがないか、という気にもなる。多少納得のいかないところがあっても、アッシさんに「こんならも『島衆号』には長《なげ》えこと世話になったんじゃけえ、恩返しぐらいせえや」と言われると、なにも言い返せない。確かにアッシさんの言うとおりなのだ。世話になった。僕たちの中学と高校生活は『島衆号』なしには成り立たなかった。

「ほなら、レッツゴーじゃ」

アッシさんはバスを発進させた。でも、まだ正しい路線には戻らない。市の中心部をほとんど一周するような遠回りをして「島衆はおらんかのう、おらんかのう」と営業努力をつづけながら、僕に話しかけてくる。

「ヒロシ、ワセダに受かったんじゃてのう。たいしたもんじゃ」

「はい……おかげさんで」

いきなりヤバい話題になった。

「もう卒業式もすんで、四月からはいよいよ東京か」

「はあ……」

「遠いのう、本州の西の端《はし》と東の端じゃがな」

わしだけと違います、フミヤは大阪でタカは広島です、と言おうとしたが、二人は素早く寝たふりをして、アッシさんの相手を僕一人に押しつけていた。

「トオルにはもう挨拶したんか？」

「大学に受かったとき、電話して……」

「怒っとったか」

黙ってうなずくと、アッシさんはおかしそうに笑って、「まあ、アレも若い者が減るんが寂しいんじゃ、勘弁《かんべん》したってくれや」と言った。アッシさんは今年の夏に三十歳になる。この一月に成人式に出たトオルさんとは十歳違う。その歳の差が、余裕になっているのだろう。

「四年間たっぷり都会の風を吸うて、卒業したら帰ってこいや、のう、ヒロシ」

オトナの余裕は——ときどき、ずるい。

「帰ってきたら、こんなならも、島小僧から立派な島衆じゃ」

黙り込む僕にまたへヘッと笑ったアッシさんは、やっと交差点を曲がって桟橋に向かってくれた。その一言を言いたくて遠回りしたのかもしれない。

「島衆」や「島小僧」は、僕たちのふるさとだけで通じるオトコの呼び名だ。出世魚《しゅっせうお》のように年齢に応じて変わる。一丁前《いっちょまえ》のオトナは島衆、高校生は島小僧、中学生は島坊主、そして小学生から下は女子も含めてみんな島っ子——。

僕たちのふるさとは、瀬戸内海に浮かぶ小さな島だ。

桟橋には、島と本土を結ぶ『しまっこ丸』が停まっていた。

「本土」といっても、大げさなものではない。島との距離は五百メートルほどなので、「対岸」と呼んだほうがしっくりくる。それでも、本土は本土で、島は島だった。その気になれば泳いで渡れそうな距離でも、歩いて渡ることはできない。唯一の交通手段が、市営渡船《とせん》の『しまっこ丸』だった。片道五分の短い船旅に似合いの、旅客定員が三十人で自動車も二台しか載らないオンボロのフェリーだ。

島には中学校も高校もないので、子どもたちは小学校を卒業すると『しまっこ丸』と『島衆号』を乗り継いで本土の学校に通わなければならない。本土の勤め先に通うオトナたちも『しまっこ丸』を使う。食料品や生活物資を運ぶのも、郵便や新聞を運ぶのも、時には急病人を運ぶのも、とにかく島の暮らしはすべて『しまっこ丸』に支えられていた。

島衆はみんな——ウチの親父も、アッシさんも、アッシさんの二つ下のケンさんも、トオルさんも、『しまっこ丸』に揺られて島坊主や島小僧の日々を過ごしてきた。島衆にならずに都会に出て行くひとも、島を去るときには『しまっこ丸』に乗った。都会から帰省するひとやUターンしてくるひとも、『しまっこ丸』で帰ってきた。

でも、その歴史は、僕たちで途切れる。

去年の春、島に橋が架《か》かった。外国の有名な建築家がデザインした、千人たらずの島の人口からすると贅沢《ぜいたく》なほど立派な橋だ。悪天候のときには自動でゲートが降りて通行止めにする最新式の機能も備《そな》わっている。展望台付きの歩道もあるし、自転車専用レーンまで設《もう》けられている。本土と島は陸続きになったのだ。

本土への通学や通勤の足はバスに変わった。バスは『しまっこ丸』と『島衆号』を乗り継ぐよりずっと速く、ずっと快適で、ずっと便利だった。橋ができたのなら、と自家用車やバイクを買うひとも多かった。

僕たちも高校三年生に進級すると、通学定期をバスに切り替えた。いまでは、よっぽどのこと——今日みたいにアッシさんに捕《つか》まることでもないかぎりは、『島衆号』にも『しまっこ丸』にも乗ることはない。

だから、ひさしぶりだ。運賃《うんちん》箱に百円玉を入れようとしたら、船長のヤスじいが、「ええけんええけん、どうせアッシに無理やり乗せられたんじゃろうが」と笑って言ってくれた。赤く日焼けしたヤスじいの笑顔を見るのも、何カ月ぶりだろう。

船室の狭苦《せまくる》しさと薄暗さはガキの頃から変わらない。オイルとペンキに潮《しお》のえぐみが混じり合ったにおいは、思っていた以上にねっとりと澱《よど》んでいた。

「ずーっと誰も入っとらんのと違うか？　ひとの気配がせんがな」

タカが鼻の呼吸を止めた声で言った。確かにそうだ。『島衆号』と同じように、『しまっこ丸』の乗客も僕たちだけだった。それが今日の、いまの、この便だけの話ではないんだ、ということも見当がつく。

船室の壁には、島の小学生が描いた絵が貼られていた。〈ありがとう　さようなら『しまっこ丸』〉の文字と、海を往《ゆ》く『しまっこ丸』——甲板《かんぱん》には、全校児童が並んでいる。総勢《そうぜい》二十九人の島っ子が、それぞれ自分の顔を描いたのだ。

「……おしまいなんじゃの」

ふとつぶやいた僕に、フミヤも「おう、おしまいじゃ」とオウム返しで応《こた》えた。

三月いっぱいで、フェリー航路は廃止される。去年の十二月の市議会で決まった。『島衆号』は市立のデイホームの送迎に転用され、減価償却《げんかしょうきゃく》をとっくに終えた『しまっこ丸』はスクラップ処分になる。

議会では満場一致だったという。無理もない。橋が開通して以来『しまっこ丸』の利用者は、ほとんどいなくなってしまった。最後の日にはさよならイベントも開かれるらしいが、それは橋の開通一周年イベントのおまけのような格好で、本土のほうの港にはポスターすら出ていなかった。

どっちにしても、僕たちはその頃にはもう島を出ている。お別れに立ち会えないのは心残りでも、アツシさんやトオルさんが男泣きする姿を見ずにすんで、ちょっとほっとする気分もないわけではない。通学定期をバスに切り替えたときのビミョーな後ろめたさは、まだ胸の奥に残っている。

「外に出ようで。こげなところにおったら、体にフジツボがつきそうじゃ」

怒ったように言うタカに黙って応えて、甲板に出た。

短い船旅はもう半ばを過ぎて、海べりの狭い平地に貼りついた島の町並みが迫っていた。凪《な》いだ海は夕陽を浴びてオレンジ色に染まり、定置網《ていちあみ》のブイが照り返しできらきら光る。波を切る音も、床をしじゅう震わせるエンジンの重い響きも、風の湿り気も、ときどきしぶきが頬に触れるときの冷やっこさも、忘れていたわけではないのに懐かしい。問題集の解答ページを開いたときのように、ああそうじゃった、そうそうそう、そうじゃったがな、と記憶のポケットに一つずつ収まっていく。

「おう、小僧ども」

操舵室《そうだしつ》からヤスじいが声をかけてきた。「いつ都会に出て行くんな」

三月二十二日――春分の日の翌日、というより『桜会』の翌朝、三人そろって出発する。

「来週じゃがな。えらい早《はえ》えのう」

「新しい町やら下宿やらに、早う馴染《なじ》んどかんといけんけえ……」

『桜会』さえなければ、もっと早く出かけたかった。

でも、ヤスじいは「新しいところに馴染む前に、別れを惜しむほうが先じゃろうに」と笑って舵《かじ》を切った。船はもう島の港に入っている。船着き場のベンチには誰もいない。折り返しで本土に戻る便は、空っぽで出航することになるのだろう。

「盆には帰ってくるんじゃろ?」

「はい……」

「その頃にはおっちゃんも隠居《いんきょ》じゃ。どうせ暇《ひま》をこいとるけん、遊びにこいや」

ヤスじいの家業は桟橋の前の雑貨屋さんだが、店はほとんど奥さんに任《まか》せて、市の嘱託職員《しょくたくしょくいん》という形で二十年以上も船長をつとめていた。アッシさんやトオルさんが島坊主になりたての頃からずっと、島と本土を往復してきた。穏《おだ》やかそうに見えて潮の流れが早く、風向きもこまかく変わる航路を、誰よりも知り尽くしているひとだ。

そのヤスじいも、三月いっぱいで引退になる。

「もう船には乗らんのですか」

フミヤが訊くと、「おっちゃん、もう還暦《かんれき》をとうに過ぎとるんど」と笑う。「外の海には、いまさらよう出んわい」

冗談の口調だったが、意外とほんとうかもな、という気もした。二十年以上、毎日毎日、片道五分の同じ航路を何万往復もしてきたのだ。航路のことは隅から隅までわかっていても、それ以外の世界はなにも知らない。

「まあ、おっちゃんにとっては、もうええ潮時《しおどき》よ。どうせ三月で嘱託の契約が切れたら引退するつもりじゃったし、空気を運んでもしょうがないけえの」

さばさばと言ったヤスじいは、船を微速《びそく》前進させながら「ほいでも……」とつづけた。

トオルがのう――。

アレはがっくりきとるじゃろう――。

僕たちは顔を見合わせて、誰からともなく目をそらし、ため息を呑み込んだ。

トオルさんが一級小型船舶《せんぱく》操縦士の免許証を自慢げに僕たちに見せていたのは、去年の秋だった。旅客を乗せることのできる特定操縦免許の講習も受けたのだと言っていた。

ヤスじいの跡継《あとつ》ぎじゃ、春からはわしが『しまっこ丸』の船長じゃ、市役所の課長にも根回ししといたけん、これで決まりじゃ……。はしゃいだ顔と声は、ほんとうにうれしそうで、誇らしそうだった。好きなのだ、『しまっこ丸』と、ふるさとの島が。

「アレはほんま、坊主や小僧の頃から水兵さん気取りで、いっつも舳先《へさき》に立っとったけえ」

ヤスじいは古びた船長帽をあみだにかぶり直して、懐かしそうに言う。僕たちにもその姿はくっきりと目に浮かぶ。

航路の廃止が決まったあと、トオルさんは荒れた。忘年会でも荒れたし、新年会でも荒れた。本土の市民ホールで開かれた成人式のときには、朝からべろんべろんに酔っぱらったすえに市長の挨拶のときにステージに上がって文句を言いはじめ、新聞沙汰《ざた》になってしまった。島衆の長老たちがいろいろと走りまわって頭を下げなければ、市役所をクビになるところだった。

もともと気性《きしょう》の荒い漁師町でも、トオルさんは特に単純で、乱暴で、アツくて、とにかくふるさとが大好きなひとなのだ。

新聞には載《の》っていなかったが、トオルさんは成人式のステージで市長に向かって、悔し泣きしながら吠《ほ》えたらしい。

あんたら、わしらの島をどげんするんですか——。

それを僕たちに教えてくれたアッシさんの目も赤く潤《うる》んでいた。

船のエンジンが止まる。惰力《だりょく》で進む船を桟橋にぴたりとつけるのがヤスじいの腕だ。もやいを桟橋に放ると、汽笛《きてき》を合図に店から出てきた奥さんがそれを杭《くい》につなぐ。ぎごちないところのいっさいない、ほれぼれするような手際のよさだった。二十年以上、一日たりとも休むことなく同じことをつづけてきた夫婦の阿吽《あうん》の呼吸だった。すごいと思う。素直に尊敬もする。でも、それを真似したいかと言われたら——わからない。

「『桜会』でトオルに会《お》うたら、おっちゃんが元気出せえ言うとったて伝えといてくれや」

ヤスじいは最後に言って、「都会に行ってもがんばれよ」と笑った。

『桜会』の前日、おふくろが酒屋で〈御礼〉の熨斗《のし》をつけた一升瓶《いっしょうびん》の日本酒を買ってきた。

「皆さんらに、ようお礼言うて、きちんと挨拶せんといけんよ。三年間お世話になったんじゃし、これからもなにかと面倒見てもらうこともあるんじゃけんね」

僕は引っ越しの荷造りの仕上げをしながら、はいはいはい、わかったわかった、と聞き流す。フミヤやタカの家でも同じようなやり取りをしているだろう。ゆうべは近所の挨拶回りでタカと一緒になったし、今朝も親父に連れられて先祖代々の墓参りをしていたらフミヤに出くわした。二人ともうんざりした顔で笑って、早う出て行きたいのう、と目配《めくば》せしてきた。僕の目も、ほんまほんま、と応えた。

でも明日は、島を出る前の最後の難関が立ちはだかる。僕たちが持ち寄った三本の一升瓶はあっという間に空になるだろう。そこから先が延々と長いだろう。酔っぱらって目の据《す》わったトオルさんの顔が思い浮かぶ。この時季に旬《しゅん》を迎える桜鯛《さくらだい》にちなんで名付けられた『桜会』は、青年団の年度末総会という名目《めいもく》でも、要はただの飲み会——島を出て行く僕たちの送別会だ。

青年団には、島小僧から三十歳までの島衆が入っている。まだ島に中学校があった親父の若い頃は十代の島衆だけで五十人近くいたらしいが、いまは平均年齢がぐっと上がり、総勢三十人ほどの団員の数も毎年確実に減っている。

僕たちも、青年団には結局三年間しかいなかったことになる。初めての『桜会』で親に持たされた一升瓶を先輩に差し出して「これからよろしゅうお願いします」と挨拶した三年後には、同じように一升瓶を差し出して「お世話になりました」――去年とおととしの高校三年生も、島には誰も残らなかった。

おふくろは外が暗くなるまで僕の部屋に居座り、荷物の詰め方にケチをつけて自分でやり直しながら、あれを入れたか、これも持って行け、風邪をひくな、腹をこわすな、しっかり勉強しろ、たまには電話しろ……と口うるさく言った。同じことを、晩めしのときに親父にも言われた。食卓には僕の好きなおかずがたくさん並んでいた。明日は『桜会』なので、今夜が家族三人で食べる最後の夕食になる。島っ子の妹がいるフミヤと島坊主の弟がいるタカの家でも、似たような様子なのかもしれない。

どんな顔でなにをしゃべればいいかわからなくなったので、食事が終わると「荷造りがすんどらんけん」と嘘をついてすぐに自分の部屋に入った。一人になってもなんだか妙に落ち着かず、「コーラ買うてくる」と散歩に出た。

五分も歩けば、海に着く。防波堤《ぼうはてい》に座って、自動販売機で買ったコーラをちびちび飲みながら、夜の海と空をぼんやり眺《なが》めた。

昨日までは東京での暮らしを想像しただけで胸が浮き立っていたが、今日はちょっと違う。元気が出ない。緊張や寂しさというのではなく、引っ越しの荷造りに疲れたり飽《あ》きたりしているのでもなく、どきどきしすぎたのでも、わくわくしすぎたのでもなく、いままで味わったことのないフクザツな思いだった。

のんびりしたテンポの波の音を聞いても、うっすらと雲がかかった夜空を見上げても、落ち着かない。本土の街の灯が小さく揺れるようににじむ。それが雨の近いしるしだと、小学生の頃に亡くなったばあちゃんから教わったことを、ひさしぶりに思いだした。

去年の先輩はどうだったんだろう。おととしの先輩は、島を出る前に、どんな気分だったんだろう。張り切って都会に出かけたひとはいなかったかもしれない、という気がした。でも、都会から島に帰って就職するひとも誰もいないだろうな、とも思う。

「ヒロシ」

タカに声をかけられた。

「なにしよるんか」

防波堤に飛び乗ったタカは、隣に座って、僕のコーラを勝手に一口飲んだ。

「散歩じゃ」

「洒落《しゃれ》たことしよるのう」

「タカは？」

「ジョギングじゃ」

二人でへへッと笑う。暗くて顔がよく見えないのが、かえってよかった。

「このへんも、眺めが悪うなったのう……」

タカの言うとおりだ。ガキの頃は、空も、海も、視線をさえぎるものはなにもなかったのに、いまは眺望《ちょうぼう》の半分以上が橋でふさがれてしまった。橋脚《きょうきゃく》は窓のない巨大なビルのようだし、橋は屋根のように島に覆《おお》いかぶさっている。本土からだとアーチの照明が美しい橋も、島から見上げると光はほとんど見えない。

その下を、『しまっこ丸』が本土に向かって航行していた。本土に着いて、島に戻って、それで今日一日の運航は終わる。

「フェリー、またがら空きかのう」

僕が言うと、タカも同じように『しまっこ丸』を見つめ、同じことを思っていたのか、すぐに「たぶんの」と答えが返ってきた。

「知っとるか？　ヒロシ。あさっての朝、大臣が橋を見にくるらしいで」

「おう、さっき親父に聞いた」

この地方を地盤《じばん》にしている運輸大臣が、遊説《ゆうぜい》の帰りに立ち寄るのだという。

「親父さん、今度はどっちじゃ言うとりんさった？」

「そりゃあ褒《ほ》めるほうじゃろ。市長が自分で案内するらしいけえ」

先月は、東京のテレビ局が取材に来た。むだな公共事業の象徴として夕方のニュースで大きく報じられた。その前は旅番組のロケで橋の展望台に立ったレポーターが「素晴らしい絶景です」と褒めたたえ、さらにその前は工事の談合疑惑《だんごうぎわく》が地元の新聞に載った。

橋が架かったのがいいことなのかどうか、難しいことはよくわからない。もう大学生なのだから少しはわからなければいけないのかもしれないが、今年の桜鯛は不漁だと聞けば、橋ができて潮の流れが変わったせいだろうかと思い、でも夜中に心臓の発作を起こしたハシモトのばあちゃんが救急車で本土の病院に運ばれて一命をとりとめたことを知ると、橋があったおかげだとも思う。

「ヒロシ、盆には帰ってくるんじゃろ?」

「おう。タカは?」

「わしは夏期講習があるけえ……正月も受験前じゃけん、わからんのう」

その先は——もっと、わからない。

僕たちはずっと、フミヤも入れて三人で将来のことをいろいろ話してきた。僕は新聞記者になりたい。タカは教師志望だ。フミヤは会社で技術を覚えて、いずれは独立して自動車の整備工場を開きたいんだと言っていた。でも、その将来の夢をどこでかなえるかは、誰も、なにも言わない。僕たちの夢は、海に浮かんでいるように、どっちつかずで漂っている。

『しまっこ丸』は、もうだいぶ島から遠ざかった。

「たまには遠くに行ってみりゃええのにのう……」

ぼそっとつぶやいた僕の声を聞きそこねたタカは、とりあえず苦笑いを浮かべるだけだった。

僕もそれ以上はなにも言わず、四月からのことに話題を変えた。意外なほど話がはずんだ。もう何度も話したことや聞いたことでも、ちっとも飽きずに話をつづけられた。フミヤも呼びたくなるぐらい盛り上がっていたら、あいつのほうから自転車に乗ってやってきた。「晩めしを食いすぎたけえ、腹ごなしにサイクリングしよったんじゃ」とフミヤは言って、誘ってもいないのに防波堤に駆け上がって、僕とタカの飲み残しのコーラを美味《うま》そうに啜《すす》った。

こいつらも同じなんだな。フクザツな気持ちで落ち着かなかったんだな。そう思うだけで、ちょっと楽になれた。

『桜会』は予想どおり荒れた。トオルさんが酒をがぶ飲みしてからんでくるのは覚悟していたが、オトナの余裕のアッシさんやケンさんまで悪酔《わるよ》いするとは思わなかった。

ほかの先輩たちも去年やおととしよりずっと速いペースでコップ酒をあおり、まだ陽は暮れたばかりなのに、話し声はほとんど怒鳴り合いになってしまった。

ただし、荒れる矛先《ほこさき》が向けられたのは僕たちではない。送別会どころではなかった。少し遅刻して公民館の広間に駆け込んできたジュンペイさんが「おうおうおう、おまえら、聞いたか」と切り出した話が、すべての始まりだった。

島に産業廃棄物《はいきぶつ》の処分場ができる——。

すでに土地は内々に決まり、市議会の根回しもすんでいて、早ければ夏前には工事が始まるのだという。

「この島をゴミ捨て場にしよう思うて橋を架けたんか！」

真っ先に怒鳴り声をあげたのはトオルさんだった。それをきっかけに、みんなも本土への不満を口々にまくしたてた。

週末の夜に本土からバイクでやってきて、轟音《ごうおん》をたてながら峠道《とうげみち》を駆け抜ける連中がいる。あやしげな健康器具のセールスマンが、一人暮らしの年寄りを狙《ねら》って町をうろうろするようになった。ゴミの不法投棄《ふほうとうき》も増えた。橋が架かってからテレビの映りが悪くなった。いまは三十分に一本の間隔《かんかく》で出ているバスも、赤字を理由に大幅に便数を減らされるという噂《うわさ》がある。もう「島」ではないのだから、と今度の選挙から市議会の地区定員を減らす動きがあるらしい。最初はみんなをなだめていたアッシさんも、ただの旅館だと業者が説明していたホテル建設計画がじつはラブホテルなんだと教えられると、「ひとをナメくさってから！」と座卓《ざたく》を拳《こぶし》で叩《たた》いた。

「出刃《でば》ァ持ってこいや、市長を刺しに行っちゃる」

目の据わったトオルさんが言った。「アホなことするな」と止めるシュウジさんとケンカになった。「おまえら、やめえや、仲間割れしてもしょうがなかろうが」と仲《ちゅう》裁《さい》に入ったケンさんも、聞く耳を持たない二人に腹を立ててビール瓶《びん》を振りかざした。

島衆がここまで荒れてしまうと、僕たち島小僧はどうすることもできない。一年生と二年生の後輩たちと一緒に広間の隅に固まって、ただひたすら、とばっちりがこないことを祈るしかなかった。

トオルさんたちが言うように、本土が島をコケにしているのかどうか、僕にはわからない。ほんとうにサベツされているのかもしれないし、そんなのはこっちの思い過ごしなのかもしれない。わからない。本土には本土の言いぶんもあるかもしれないし、島は本土に、僕の知らないもっとひどいことをされているのかもしれない。わからない。ただ、ゴミの処分場も、バイクの連中も、セールスマンも、ラブホテルも、橋が架からなければ島に来ることはなかった。

広間の壁には、ちょうど一年前の橋の開通式の写真が飾ってある。島っ子たちが全員手をつないで渡り初《ぞ》めをした写真だ。みんな笑っている。『しまっこ丸』の絵の笑顔を思いだした。どっちのほうがうれしそうな笑顔かは、比べても、たぶんわからない。

トオルさんとシュウジさんのケンカがおさまって、ようやく座は落ち着いた。

「おう、こんなら、なに隅のほうに座っとるんな」

アッシさんが僕たちを手招きすると、ほかの先輩も気を取り直して「そうじゃそうじゃ、主役を忘れとったがな」「まあ飲めや、飲め飲め」と笑いながら声をかけてきた。

上座《かみざ》に座らせられた。酒をコップで飲ませられた。高校生だからとか、未成年だからとか、そんなものは島衆には通用しない。

「タカとフミヤはアホじゃけど、ヒロシはワセダじゃけえ、島一番のエリートでインテリじゃ」

アッシさんがおどけた声で言った。みんなを盛り上げようとしている。フミヤたちもそれを察して「ワヤなこと言わんといてください、ヒロシはマグレで受かっただけなんですけん」「ヒロシが現役でワセダじゃったら、わし、一浪したら東大で決まりですがな」と大げさに返し、なごんだ雰囲気がやっと漂いはじめた。

僕も――なにか面白いことを言ってみんなを笑わせようと思った。でも、言葉がうまく出てこない。考えがまとまらない。もともと酒を飲まされると陽気になるタイプなのに、いまはちっとも楽しくない。オオノさんが注《つ》いでくれた酒を一気に飲んだ。おい、ヒロシ、だいじょうぶか、とびっくりするアッシさんの声が、間延びしながら遠くなった。

コップを乱暴な手つきで座卓に戻すと、トオルさんと目が合った。まだ怖い顔をしている。でも、なんだかもう、いちいち考えるのが面倒になって、オオノさんが注ぎ足してくれた酒をまたあおった。

「おう、小僧ら」

トオルさんが言った。凄《すご》みのある濁声《だみごえ》に、みんなの笑い声が止まった。

「こんなら、いつ、島に帰ってくるんな」

フミヤが戸惑《とまど》いながら「盆に……」と答えかけたら、「アホ、そげなんと違うわ！」と怒鳴られた。「いついつまでに島に戻ってきて、仕事見つけて、一丁前の島衆になって、島の将来をわしらといっしょに支えますいうて……約束せえ、ここで」

まあええがなトオル、と割って入ろうとするアッシさんには見向きもせず、トオルさんは「こんなんは、いつ帰ってくるんな」とフミヤをにらみつけた。

言葉に詰まるフミヤに、先輩たちが、適当に言うとけ、なんでもええけん早う答えとけ、と目配せした。

「……嫁さん見つけたら、帰ってきますけん」

先輩たちは必死に、おおーっ、そりゃええ、きれいな嫁さん探してこいや、と盛り上げる。

でもトオルさんはにこりともせずに、今度はタカをにらんで「こんなんは、いつ帰ってくる」と言った。

「……大学卒業したら、帰ります」

アホ、そりゃあ大学に受かった者の言う台詞じゃ、とヤジが飛ぶ。

「ヒロシはどないするんじゃ」

僕は黙ってトオルさんの視線を受け止めた。にらみ返した。酒をまたあおった。こんなに飲んだのは生まれて初めてだった。

「ヒロシ、聞こえとるか、いつ帰ってくるんかいうて訊きよるんど」

頭がくらくらする。げっぷが出そうで出ない。顎《あご》が急に重くなった。

「……シバいて訊いちゃらんといけんのか？」

気色《けしき》ばんで立ち上がりかけたトオルさんを、左右から先輩たちが止めた。

口をこじ開けるようにして、僕は答えた。

「わかりません」

「わからんて、こんなん、なに言いよるんな。自分のことじゃろうが」

「自分のことじゃけん……わかりません」

「島に育ててもろうたん違うんか！　ここが生まれ故郷違うんか！」

わかっている。だから、わからない。

「わりゃ、親はどげんするんな！　一人息子じゃろうが！」

わかっている。でも、わからない。

トオルさんは必死に気を鎮《しず》めるように肩で大きく息をついて、「のう……」と低い声で静かに言った。「ヒロシも聞いとったろうが。島は、これからワヤにされるんど。おまえはそれでええんか」

首を横に振ると、「ほなら帰ってくりゃええがな」と言われた。「ワセダまで出とったら、こげな田舎でも仕事はあるわい。根っこをちゃーんと島に張っときゃ、会社は本土でもええんじゃけえ」

「ほいでも……わかりません」

「帰らんのか？」

「……わかりません」

「ひとをナメとるんか、こんなん」

「ナメとりません……ほいでも、わからんです……なんも、わからんです」

「それをナメとる言うんじゃ！　カバチたれんな！」

割り箸《ばし》を投げつけられた。頬をかすめた。かわすつもりは最初からなかった。

「自分一人が都会で偉うなったら、島はどげんでもええ思うとるんか！」

「思うとりません！」

怒鳴り返した。まぶたがカッと熱くなって、涙がぼろぼろ出てきた。

「思うとらんけど……わからんのじゃ！　難しいこと訊かれても、わからんもんはわからんのじゃ！」

泣きながら怒鳴り、「自分のことがそげんわかるか！　ボケ！」と怒鳴りながら立ち上がったら、足がふらついて、腰が抜けたように畳の上に倒れてしまった。

そこから先の記憶はない。

目が覚めたら自分の部屋の布団《ふとん》に寝かされていた。

窓の外はもう、うっすらと明るかった。


九時ちょうどに島を出るバスは、始発の郵便局前で発車時刻を待っていた。

重くてかさばるスポーツバッグを通路に置いてシートに腰を下ろすと、ようやく人心地がついた。頭が痛い。吐き気もする。朝めしは味噌汁を啜るのがやっとだったし、バス停まで十分足らずの道のりが果てしなく遠く感じられた。これが二日酔いというやつなのだろうか。

「あんた、アッシさんに担《かつ》がれて帰ってきたんよ」とあきれるおふくろも、「まあええ、まあええ」と笑う親父も、ゆうべなにがあったのかは訊いてこなかった。怒られることもなかった。勤めに出かける親父を見送るときも、おふくろに玄関先で見送られるときも、頭がぼうっとしていたおかげで照れくささを感じずに「ほな、元気でな」と挨拶できた。そう考えると、二日酔いも意外と悪くない——ことはないか、と自動販売機で買ったスポーツドリンクを飲んで、ぐったりとシートにもたれた。

八時五十五分。そろそろフミヤやタカも来る頃だろう。十人ほどの乗客は、本土の病院へ行くじいちゃんやばあちゃんばかりだった。年寄りは橋ができたことをどう思っているのだろう。来週『しまっこ丸』に別れを告げる子どもたちは、「フェリーで通学しないですんだ」とほっとしているのか「フェリーで通学できなかった」と寂しく思っているのか、どっちなのだろう。あと十年もしたら、フェリーが通っていたことも知らない島っ子が島坊主になり、島小僧になって、そのとき僕は島衆になっているのだろうか。難しいことを考えると、頭がズキズキする。

バスのエンジンがかかった。二人はまだ姿を見せない。さすがに心配になってシートから腰を浮かせたら——フミヤがこっちに走ってくるのが見えた。手ぶらだった。全力疾走《ぜんりょくしっそう》しながら、バスを呼び止めるように右手を振っていた。

「ヒロシ！　こっちじゃ！　バスと違う！　早う降りてこい！」

あわてて窓を開けた。

「なに言いよるんか、タカはどないしたんな」

「フェリーじゃ、『しまっこ丸』じゃ」

「はあ？」

「おまえ、やっぱり覚えとらんかったんか」

「……なんを？」

「ヒロシが決めたんど、明日は『しまっこ丸』に乗る、いうて」

「ほんま？」

「ええけん、早う降りてこい、ヤスじいもトオルさんも待っとりんさるけえ」

怪訝なままバスを降りた。栈橋に向かって走りながら、フミヤが教えてくれた。酔っぱらって記憶をなくしたあと、僕は泣きながらトオルさんに言ったらしい。トオルさん、トオルさん、わし、明日は『しまっこ丸』で島を出ますけん、トオルさん、運転してください、ヤスじいに頼んで、船長さんにならせてもろうてください、わし、トオルさんが船長さんになっとるところ見たいんです、トオルさんが夢をかなえるところ見てから東京に行きたいんです……。

「みんなもうボーゼンとしとった。ヒロシが泣き上戸《じょうご》やとは思わんかったけん」

からかって笑ったフミヤは、「ほいでも」とつづけた。

「トオルさんも、最後は泣いとった。よっしゃ、明日はわしが送っちゃる、小僧の花道を飾っちゃる、いうて……」

ヤスじいの船長帽をかぶったトオルさんは、照れくさそうに、でも誇らしげに、出航の汽笛を鳴らした。「なかなかサマになっとるがな」とヤスじいが腕組みをして言うと、もっと照れくさそうに首をかしげ、もっと誇らしげに胸を張る。

『しまっこ丸』はゆっくりと動きだした。大ベテランのヤスじいとは違って、舵の動きが危なっかしい。舳先が左右に振れる。意外と慎重、というか臆病《おくびょう》なのか、防波堤の間を抜けて港を出るときには、停まりそうなぐらいスピードが落ちてしまった。

「アホ、なにをとろとろしよるんな。こげなんじゃったら、晩になっても着きゃあせんど。下っ腹にどーんと力を入れんかい」

ヤスじいは笑いながらトオルさんの腰を叩き、甲板にいる僕たちに「どうじゃ、おっちゃんが上手じゃったんがようわかるじゃろ」と言った。

まったくだ。同じ航路をひたすら往復して二十何年——まいったのう、とつぶやいた。

そういう人生も。

そういう毎日も。

じゃあおまえもそれをやるかと言われたら。

またフクザツな気持ちになりかけて、わからんわからん、と笑った。

「おまえら、前を向かんでええけえ、後ろを見とけ。島をよう見とけ」

トオルさんが言った。

僕たちは「うっす」と声をそろえて応え、少しずつ遠ざかっていく島を見つめた。

僕はここで生まれた。十八まで育った。これからの人生がどうなろうと、そのことだけは永遠に変わらない。

「トオルさん!」

島を見つめたまま声を張り上げた。頭がズキッとしたが、かまわずつづけた。

「トオルさん、橋、邪魔ですわ!」

島を端から端まで見たいのに。島を丸ごと眺めて別れを告げたいのに。

フミヤとタカは「いきなりどげんしたんな」「まだ酔うとるんか」と笑ったが、トオルさんは「おう! ほんまに邪魔じゃろうが!」と大声で返してくれた。

いまごろ橋の上では大臣が視察《しさつ》しているのだろうか。市長は橋を自慢しているのだろうか。

トオルさんは操舵室の窓から顔を出して、橋の上に向かって怒鳴った。

「島衆をナメるなよ! 横道なことしよったら、シバきたおしたるど!」

僕も怒鳴った。

「島小僧をナメとったら、橋、壊《こわ》しちゃるど！」

「おう！　壊せ壊せ！　東京からゴジラでも呼んでこい！」

フミヤも「かなわんのう……」と言いながら、両手をメガホンにして「海の上もえどお！」と怒鳴った。タカも「オトコの旅は船旅じゃあ！」と付き合ってくれた。

赤ん坊の頃からの付き合いの二人とも、しばらく会えなくなる。もしかしたら、万が一の話でも、もう一生会えないかもしれない。

JRのローカル線から新幹線に乗り換えて、広島でタカが降りる。大阪でフミヤが降りる。二人がいなくなったあと、三人掛けのシートにぽつんと座った僕は、いったいどんなことを思うのだろう。ほんの数時間後に答えはわかる。わかるから、いまは、わかりたくなかった。

短い船旅が終わる。

本土の港に入ると、トオルさんは「ここからはヤスじいに任せますけん」と言った。「接岸《せつがん》は難しいし、こっちは誰が見とるかわからんし、ばれたらヤスじいに迷惑がかかるけん」

だが、ヤスじいは「船長いうんは最後の最後まで責任を負うけん船長なんじゃ」と言って、トオルさんの船長帽に手を伸ばし、ツバをグッと下げた。「これなら、わしと見分けがつかんわい」

めちゃくちゃだ。それでも、どうせ乗っているのは僕たちだけなのだ。そして、フェリーの利用客のいない桟橋には、『島衆号』が待っているだけなのだ。

「トオルさん、よろしゅう頼んます」「船が沈まんかったら、あとはどうでもええですけん」「いよっ、船長」と僕たちに声援を送られたトオルさんは、「やかましい、黙っとれ」と真剣な顔になって、舵を操《あやつ》る。ヤスじいも、「遠すぎる！」「いけん、もっと舵を切らんと届かんじゃろうが！」「頭使うて考えんか！」と何度もやり直しを命じた。

最後は岸壁《がんぺき》のタイヤに船体を何度もぶつけながら、なんとか接岸成功——「ようやったのう」とヤスじいに握手をしてもらったトオルさんは、うつむいて肩を震わせていた。たった一度きりでも、確かにトオルさんはヤスじいの跡継ぎになった。『しまっこ丸』の最後の船長になった。

僕たちが船を降りるのとタイミングを合わせたように、早うこーい、とアツシさんが『島衆号』のクラクションを鳴らした。

歩きだす僕たちを、トオルさんは船の上から敬礼で見送ってくれた。僕たちもトオルさんに笑って手を振り返した。敬礼がバンザイに変わる。僕たちの笑顔も別の表情に変わってしまいそうだった。

よし、と僕たちは顔を見合わせる。小さくうなずいて、バスに向かって駆けだした。

船に揺られていたせいなのか、二日酔いのせいなのか、足元がふわふわとして、なんだか波の上を走っているみたいだった。

よもぎ苦いか、しょっぱいか

庭につくった小さな花壇《かだん》の前にしゃがみこんでいると、テラスに出ていた息子に「パパ、野グソしてるみたい」と笑われた。小学五年生。生意気盛りだ。

それでも、ヤジウマ根性で見物してくれるのは男同士の義理というやつかもしれない。中学二年生の娘は、「どーせ夏までには飽《あ》きちゃうよ」とクールに言い放って、リビングから出てこようともしない。

日曜日のお昼前――朝から、庭に出ていた。長年のマンション暮らしから庭付き一戸建てに引っ越したのは、年明け早々のことだった。春になって庭の手入れをするのをずっと楽しみにしていて、三月に入ってからは休日の昼間はほとんど庭にいる。ガーデニングなどという洒落《しゃれ》たものではない。園芸にも至らない。ただ、土をさわっていると、なんともいえずほっとするのだ。

「四十を過ぎると、自分のルーツを素直に受け容《い》れられる感じになるんだよ」

妻に言ったのだ。

「なんだかんだ言っても、俺は田舎から都会に出てきた男だよ。うん。田舎者だ。こうやって、土とか、泥とか、葉っぱとかを触ってると気持ちが安らぐんだよなあ……」

三十代の頃は、そんなことは思わなかった。

二十代の頃は、都会のにぎやかさと華やかさに疲れるなど、考えられなかった。

ふるさとの田舎町にいた十代の頃は――ひたすら、あの町を出たくてしかたなかった。

都会に生まれ育った妻にはピンと来ないのか、なるほどねえ、と気のない相槌《あいづち》が返ってくるだけだった。ミミズを見たこともない娘や息子には、私の気持ちはまったく理解できないだろう。それがいいことなのかどうかよくわからないが、とにかく、私は庭いじりを楽しみ、手を土や泥で汚《よご》して、「お昼にしようよ」という妻の声で部屋に戻ったのだった。

洗面所で手と顔を洗い、ダイニングテーブルについて、料理が趣味の妻と娘が二人でつくったサンドイッチに手を伸ばした。

「ちょっとぉ、パパ、やだぁ」

娘が顔をしかめた。「うん？」と訊《き》く私の手元を指差して「汚れてる」と軽くにらむ。

「そんなことないよ、ちゃんと洗ったし」

「でも石鹸《せっけん》使ってないでしょ」

平気平気、と手のひらを鼻先にあてて、においを嗅《か》いでみると――確かに、うっすらと土や草のにおいが残っている。

「石鹸って、消毒だけじゃなくて、においも消してくれるんだから、ちゃんと使ってよ」

「……うん」

「どうしたの？」

私は手のひらを鼻に押しあてて、息を大きく吸った。

けげんそうに聞く娘に応《こた》えもせず、私は目をつぶり、においの濃い場所を探して手のひらを上下させる。

「ねえ、どうしたの？」

懐かしい。そうだ、これだ。もう何年も思いだすことのなかった懐かしいにおいが、鼻腔《びこう》を満たし、胸の奥へと流れ込む。

やがて、懐かしさは苦さに変わり、せつなさに変わる。

お母ちゃん……。

心の中で、つぶやきも漏《も》れた。

土や草のにおいは、ふるさとのにおいだった。母のにおいだった。そして、それは少年時代の私の、小さな後悔のにおいでもあった。

母の手は大きかった。指の節《ふし》がゴツゴツとして、たなごころが分厚《ぶあつ》く、甲には太い血管が幾筋《いくすじ》も浮いていた。

友だちのお母さんに、母のような手をしたひとは誰もいなかった。どのお母さんの手も、白くてほっそりとしていた。きれいな指輪をはめているお母さんもいたし、爪《つめ》をマニキュアで輝かせているお母さんもいた。友だちの家に遊びに行くと、お母さんがお菓子やジュースを出してくれる。私はいつも、その手元をじっと目で追っていた。細くて長い指は、粉末のジュースを水で溶かしてスプーンで掻《か》き混《ま》ぜるだけの動きでも、まるで踊っているように見えた。すべすべした手の甲に触れてみたかった。ふっくらとやわらかそうな手のひらで頰をなでてもらったらどんなに気持ちいいだろうと、ずっと憧れていた。

母は、子どもをべたべたとかわいがるタイプの親ではなかった。そんな余裕もなかった。私がものごころつく前に夫を亡くした母は、女手一つで私を育ててくれたのだ。

いまと違って、子連れの女性が勤められる仕事先は多くない時代だった。ましてや、職場そのものが少ない田舎町だ。生計《せいけい》を立てられるだけの収入が得られる仕事は、ごくかぎられていた。化粧気《け》のない職場か、逆に、厚ぼったい化粧をしなければならない職場か——母が選んだのは、陽射しを浴び、土埃《つちぼこり》にまみれて働く仕事だった。

母は地元の建設会社が請け負《う》《お》う土木工事の現場で働いていた。キツい仕事ではあったが、そのぶん率《りつ》は悪くなかった。おかげで私は、育英会《いくえいかい》の奨学金《しょうがくきん》の助けを借りながらではあっても、都会の私大まで出してもらったのだ。

いくら感謝しても足りない。おとなになったいまはもちろん、子どもの頃だって、母が私を育てるために苦労を重ねていることは、ちゃんとわかっていた。

けれど、その思いとはうらはらに、陽に焼けて赤銅色《しゃくどういろ》になった母の首筋を後ろから見ていると、たまらなくうとましい気持ちになってしまう。仕事柄《がら》といえばいいのか、地声《じごえ》が大きく、語調も荒っぽい母の話し方は、友だちの誰のお母さんとも違っていた。仕事着のモンペを穿《は》いたまま外に出かけるお母さんなど、母以外には一人もいなかった。

屈強《くっきょう》な男のひとたちに交じってモッコを運び、生《お》い茂《しげ》る雑草を刈り、スコップで土を掘る母を、私はたぶん、恥じていた。

私の脱いだ靴下やワイシャツを「くさい」と娘が嫌うようになったのは、いつごろからだったろう。小学校の高学年あたりだろうか。いまでは私自身が「くさい」らしく、朝寝をした日曜日にパジャマ姿のままリビングに姿を見せると、しかめつらで「パパ、マジ、くさい。シャワー浴びてきてよ」とも言われてしまう。

「こら、そんなこと言わないの」と娘をたしなめる妻も、最近、少し心配そうに「口臭《こうしゅう》がキツくなってるわよ。歯周病《ししゅうびょう》とか、あと、胃が悪いんじゃないの?」と言う。新聞や雑誌で加齢臭《かれいしゅう》という言葉に目が留《と》まるようになったのも、ここ数年のことだ。

においというのは、距離が近いからこそ感じ取ることができる。手紙や電話やメールなどでは伝えられない。そう考えてみると、たとえ妻や娘には嫌がられてしまうにおいでも、それを嗅げる近さにまだ家族がいてくれるということを喜ぶべきなのかもしれない——負け惜しみの屁理屈《へりくつ》だと笑われてしまうだろうか。

それでも、私は思うのだ。思春期になった娘が、そしてやがて息子もきっと、父親のにおいを嫌ってしまうのは、においそのものではなく、家族の距離の近さを拒《こば》みたいからではないのか。

私もそうだった。娘よりもっと早く、小学一年生の三学期に入った頃から、たった一人の家族のにおいを嫌うようになった。

母のにおいは、工事現場の土のにおいだった。

母は鏡台を持っていなかった。洗面所に置いてある数少ない化粧品も、母が鏡に向かってそれを使っているのを見たことはほとんどない。

私は友だちの家に遊びに行くと、さりげなく——ときには友だちの目を盗んでこっそりと、お母さんの鏡台に近づくのが常だった。豪華な三面鏡のドレッサーというわけではなくても、そこには化粧品のガラス瓶が並んでいる。香水や頬紅や口紅の香りが、うっすらと漂っている。それを嗅ぐと、なんともいえない華やいだ気分になる。鼻腔の奥が甘いもので満たされる。お母さんのにおいだ。うれしくなって、寂しくなって、頬がゆるんで、うつむいてしまう。

父親の記憶がないせいだろうか、友だちのお父さんへの憧れやうらやましさはなかった。むしろ母と友だちのお母さんとを比べて、一人で負けを背負い込んでしまうことのほうがずっと多かった。

夕方になって家に帰っても、母は陽が暮れきるまで工事現場で働いている。がらんとした部屋には母の置き手紙がある。洗濯物を取り込んでおくように、風呂に水を張っておくように、宿題は晩ごはんの前にすませるように……。軒下《のきした》に干してある洗濯物の中には、母が仕事のときに使うタオルもあった。どんなに洗っても繊維《せんい》の中にもぐり込んだ土の汚れは落ちきらず、使い古しのタオルはいつも黒ずんでいた。風呂に水を張るときも、最初に浴槽《よくそう》をよく洗わないと底に沈んだ土が混じって、水が濁《にご》ってしまう。

手伝いをすませて宿題をしていると、やがて鼻がひくひくとしてくる。意識してそうしているわけではないのに、部屋に染《し》みついた土のにおいを鼻が嗅ぎ取ってしまう。そんなとき、私は決まって、友だちのお母さんの鏡台のにおいを思いだした。鼻腔の奥にまだかすかに残っているはずのお母さんのにおいを、もう一度取り出したくてしかたなかった。

空がすっかり暗くなった頃、母が帰ってくる。ばたばたと家に上がって、「ごめんなあ、すぐにごはんにするけんなあ」としわがれた声で言いながら洗面所に向かい、水を勢いよく流して、土埃と汗にまみれた手や顔を洗う。洗顔料など使わない。化粧水をつけるわけでもない。ミカンのネットに入れた固形の石鹸を手のひらにこすりつけるように泡立てて、手を洗い、顔を洗って、またばたばたと台所に駆け込んで、服も着替えずに夕食の支度に取りかかる。

留守番の寂しさから解放された私は、流し台の前に立つ母にまとわりついて、今日一日の学校でのできごとを事細《ことこま》かに話していく。母は手を休めることなく、ふうん、ふうん、と相槌を打ってくれる。だが、仕事がキツかった日や、私には言えない悲しさや悔しさを胸に溜め込んでしまった日には、その相槌が間遠《まどお》になってしまう。面倒くさそうに話を切り上げたがることもある。二人きりの家族は、おしゃべりがぎごちなくなったときにとりなしてくれるひとがいない。母の疲れを察して静かに過ごすには、私はまだ幼すぎたし、留守番の時間はほんとうに寂しくて不安だったし、なによりーー私は、母のことが、好きだったのだ。

母の相槌がそっけなくなると、私は急に落ち着かなくなってしまう。虚空《こくう》をさまよいはじめたまなざしは、母のモンペのお尻にこびりついた土の汚れを見つけてしまう。洗面所で洗いそこねたうなじの汚れを見つけてしまう。好きなのだ。母のことが大好きなのだ。お母ちゃん、お母ちゃん、と心の中で呼んだだけで胸がじんと熱くなってしまうぐらい好きなのに、母が友だちのお母さんに負けているところばかり探してしまう。

においがする。土のにおいが狭い台所にたちこめる。

「はい、お待たせえ、できたよお」

母がつくる夕食にも、土のにおいは染みている。

母は学校が半ドンの土曜日にも現場に出ていた。工事が遅れると、週末の夜中に突《とっ》貫作業《かんさぎょう》をすることも多かった。

そんな日は朝から憂鬱《ゆううつ》だった。夕方の留守番だけでも心細いのに、一人で夜を過ごさなければならない。友だちの家に泊まりに行かせてもらいたかった。せめて夕食のときだけでも、誰かと一緒にいたかった。「晩めし、食うていけばええがな」と言ってくれる友だちはいたし、お母さんから誘われたこともある。だが、母は決してそれを許してくれなかった。「そげなことしたら向こうに迷惑じゃけん」と、誰にも迷惑をかけないということに依怙地《いこじ》なほどこだわっていた。女手一つで息子を育てる母なりの意地だったのだろう。いまならわかる。ほんとうは、あの頃も、うっすらとわかっていたのだと思う。わかっていたから、すねた。友だちのお母さんに負けてしまうのが怖いから泊まりに行かせてくれないんだ、と決めつけた。

一人で夜中まで留守番をする私に、母はおにぎりの弁当をつくってくれた。ふつうにご飯を弁当箱に詰めるのではなく、出がけの忙《いそが》しさのなか、梅干し、昆布、かつおぶしと具を一つずつ分けたおにぎりをつくってくれた。ほんの少しでも食事時の寂しさをやわらげようとしてくれたのだと、いまならわかる。あの頃もわかっていた。わかっていたのに、私はいつも、おにぎりを食べ残していた。

土のにおいがするのだ。土のにおいの染みた手でご飯を直接握っているから、おにぎりも土のにおいにまみれている。嘘だ。そんなことがあるはずがない。だが、私の鼻は——幼い心は、確かにそのにおいを嗅いでしまったのだ。

いつもおにぎりを食べ残す私に、母はけげんそうに「もうおなかいっぱいなん?」と訊いた。最初のうちは適当なことを言ってごまかしていたが、やがて母は心配顔で「体の具合、悪いんと違う?」と訊くようになった。

その顔を見ていると、申し訳なさがつのる。ごめんなさい、お母ちゃん、ごめんなさい、と心の中で詫《わ》びながら、私は言った。

「お母ちゃんのおにぎり、くさい」

きょとんとする母から目をそらして、「土くさいけん、食えん」とつづけた。

母は自分の手を見て、必死に気を取り直すように「お母ちゃんは、いつも手を洗うとるよ」と笑った。

「それでも……くさい」

「なに言うとるん」

「くさいものは、くさいけん、食えん」

母はそのとき怒ったのだろうか。泣いたのだろうか。悲しそうに微笑んだのだろうか。記憶はあやふやだった。たぶん、逃げるようにして忘れてしまったのだろう。

それが、冬の終わりのことだった。


数日たった頃、ふと気づいた。

洗面所の棚《たな》に、見慣れない円筒形《えんとうけい》の瓶が置いてあった。

最初は軟膏《なんこう》だと思っていたが、オロナインやメンソレータムとは違う瓶のデザインだった。蓋《ふた》に書いてある文字も英語だったので――いまにして思えば、ただのローマ字綴《つづ》りだったのかもしれないが、どちらにしても私には読めなかった。

蓋を開けてみた。甘いにおいがふわっと鼻をくすぐった瞬間、あ、これ、知っとる、と思った。右の小指の先でほんのちょっとだけすくって、左手の甲に塗ってみた。鼻を近づけて、においを嗅いだ。友だちのお母さんの鏡台から漂うにおいだ。友だちのお母さんの手のにおいだ。

私は蓋を閉めて、瓶を元の場所に戻した。

うれしいのか悲しいのか、よくわからない。思わず笑っているのか、泣きだしそうな顔になっているのか、鏡に映して確かめるのが怖くて、顔を上げられなかった。

その日も母は、陽がとっぷりと暮れた頃になって仕事から帰ってきた。「遅うなってごめんなあ、すぐにごはんにするけんなあ」と、いつものようにばたばたと洗面所に向かい、急いで手と顔を洗ったあと、ハンドクリームの瓶に手を伸ばした。

私は壁の陰《かげ》に体を隠して、母の背中をじっと見つめていた。

母はきっと、ぜいたくにクリームをすくい取るようなことはしていないだろう。薄く塗ったクリームを大事そうに伸ばし、擦《す》り込んで、擦り込んで、土のにおいを消していたのだろう。

うつむいていた。背中を丸め、肩をすぼめていた。大きくてがっしりとした母の体が一回り小さく見えた。

「なあ、ちょっと手伝《てつど》うてくれん？」

母はクリームを手に擦り込みながら、私が居間にいるものと思い込んで、大きな声で言った。

私はそっと居間に戻って、「なに？」と聞き返した。

「すり鉢《ばち》、出しといて」

「……ごはんに使うん？」

「玄関に置いてある物、見てごらん」

小さなビニール袋があった。中に、葉っぱがたくさん入っていた。

「今日の現場は河原《かわら》の護岸工事《ごがんこうじ》じゃったけん、ひょっとしたら思うて探してみたら、あったんよ」

よもぎの葉っぱだった。

岸辺に生《は》えていたのを、昼休みに摘《つ》んだのだという。

「おだんごをつくってあげるけん、晩ごはんのあとで食べようなあ」

白玉のだんごに、すり鉢ですったよもぎを練り込んだ、よもぎだんご——「よもぎは、ええ香りがするけん」と母は言って、「たくさん食べんさい」と鏡に映る私に笑った。

「いい香りがするんだ」

私は子どもたちに胸を張って言う。「たくさん食べろよ」と上着を羽織《はお》る。

庭いじりのおかげで、土のにおいをひさしぶりに嗅いだ。母のことを思いだした。ならば、次は——よもぎだ。

「ほんとにあるの？」

妻はビニール袋を私に差し出しながら訊いた。

「公園の裏に川があるだろ。あそこなら生えてるよ」

「パパ、どんな草だか区別つくの？」と息子は驚いた顔で訊く。

「わかるさ、パパ、田舎者なんだから」

笑って言ってやった。

「でも……雑草でしょ？　そんなの食べておなかこわしたりしないの？」

娘は疑わしそうに私を見る。「ハーブだって草だろ。よもぎもハーブの一種なんだぞ」と当てずっぽうに言うと、「えーっ？　そんなの聞いたことないよ。ハーブ図鑑《ずかん》にも出てなかったよ」と、あっさり返されてしまった。

「……まあ、食べてみればわかるから。ほんとうに美味《うま》いんだぞ」

「わたし、白玉のプレーンでいいけどね」

「そう言うなって、せっかくだから食べてみろよ」

「よもぎがほんとうに獲《と》れればね」

娘は少々ご機嫌斜《きげんなな》めだった。私の突然の思いつきのせいで、自転車で駅前のスーパーマーケットまで白玉粉を買いに行く羽目になったせいだ。

やれやれ、と私は苦笑しながら、食べてみればお代わりするさ、と気を取り直す。

「じゃあ、行ってくる」

一人で家を出た。

一人で歩きたかった。

丘陵地《きゅうりょうち》を開発した、緑の多いニュータウンだ。まだ造成中の地区も残っていて、あちこちの丘や雑木林が削《けず》られ、赤茶けた土が剝《む》き出しになっている。休日の午後の温かな陽射しを浴びた町は、のんびりとうたた寝をしているように静かで、まだ若い緑のにおいと、ちょっと焦《こ》げくさいような土のにおいが、かすかに漂ってくる。

私の足取りも自然と、平日の会社への往復とは違うゆったりしたものになる。たまには一人で散歩するのもいいな、と頬がゆるむ。

子どもの頃はどうして、一人きりになるのがあんなに寂しかったのだろう。おとなになると逆に一人で過ごす時間が貴重に思えてくるのに。

それでいて、おとなは家族のために、家賃《やちん》を払いながら、ローンを背負いながら、わが家をつくろうとする。そして、子どもが育って、大きくなると、寂しさまで感じてしまうのだ。

けっこう身勝手なものだよな、とため息をついた。意外と悪い気分のため息ではなかった。

後ろから軽やかな足音が聞こえた。

「パパ、パパ、ぼくも行くーっ、よもぎの摘み方、教えてーっ」

駆けてくる息子を抱っこで受け止めてやろうとしたら、恥ずかしがって、かわされた。

私は苦笑して、息子の背中に声をかける。

「よし、じゃあ、坂の下までかけっこするか」

息子は、その誘いには乗ってくれた。

「いくぞ……よーい、どんっ」

スタートダッシュだけは父親より速くなった息子の背中を追いかけながら、私は母のことを思う。記憶には残っていない父のことも、思う。

幼い子どもを一人で留守番させて仕事に出かけなければならない母の悲しさや、家族をのこして亡くなった父の無念が、最近少しずつわかるようになってきた。おとなになるというのはそういうことなのだろう。

河原に着くと、息子に葉っぱの形を教えてやった。「裏に白い毛が生えてるやつだぞ」とも伝えたのだが、息子が「これ？」と摘んでくるのは、たいがい別の草だった。

「ゲームがうまくなるのもいいけど、そういうのもしっかり覚えとけよ」

「だってぼく、パパみたいな田舎者じゃないもーん」

生意気なことばかり言う。

「あとな、いいこと教えてやる。ケガをしたときは、よもぎの葉っぱを揉《も》んで、傷口にあてるんだ。そうすれば血が止まるから」

「そうなの？　すごーい、ウンチク王じゃん、パパ」

ちょっと尊敬のまなざしになった、ような気がする。

「ほら、これだ、この香りだよ」

よもぎの葉を揉んだ手のひらを、息子の鼻に近づけてやった。

「……いいにおい？」

息子は顔をしかめる。確かに子どもの感覚では、青くさいと言えばいいのか、苦みやえぐみの強すぎるにおいだろう。

それでも——このにおいなのだ。

私は手のひらを自分の顔に寄せて、ゆっくりと大きく、鼻で息を吸い込んだ。目をつぶると、若かった頃の母と幼かった頃の私の面影《おもかげ》が、淡い闇に浮かび上がる。

あの日のよもぎだんごの味は、いまはもう思いだせない。逃げるように振り払ったのではなく、記憶の奥深くに染みて、消えたのだ。思い出として取り出すことはできなくても、地面に染み込んだ雪解《ど》け水が春の樹々《きぎ》を芽吹かせるように、きっと、その味や香りは、おとなになったいまの私の体や心のどこかを潤《うるお》してくれているのだと思う。

あの日を境に、私は母のつくってくれたおにぎりを平気で食べられるようになった。おにぎりに染みついていたはずの土のにおいは、嘘のように消えた。

母の大きな手はそれからゆっくりと――長い時間をかけて、少しずつ、私の誇りになっていった。

母はいま、ふるさとの町で幸せな老後の日々を過ごしている。私が大学を卒業するのと同時に再婚した。もう何年も前から結婚を申し込まれていたのを、息子が一人前になるまではと断っていたのだと、あとで知った。連れ合いを亡くした義父《ちち》はとても優しいひとで、同居している義父の長男一家も母を大事にしてくれている。母の手には、もう土のにおいはない。「おばあちゃんは若い頃、男のひとに交じってスコップで土を掘ってたんだぞ」と教えてやっても、息子や娘は信じないだろう。

そもそも、わが家の子どもたちと「パパのほうのおばあちゃん」は縁が遠い。皮肉なものだ。母が新しい家庭で幸せになればなるほど、私はヘンに気をつかって、ふるさとの町に足が向きづらくなってしまう。たまに帰省しても一泊がせいぜいで、この一、二年は、お盆も正月も電話で話をするだけですませてきた。義父は「なにを遠慮しよるんな、もっとゆっくりしていけばええがな」と言ってくれる。うれしいし、ありがたいとも思いながら、今年の夏もきっと帰省はしないだろう。そういう性格は、子どもの頃から変わらないものなのかもしれない。

だが、よもぎを摘んで家に帰った私は、テラスの椅子《いす》に座り、キッチンでよもぎだんごをつくる妻や娘のおしゃべりの声を聞きながら、思うのだ。

いまはまだ種を蒔《ま》いただけの庭も、夏になればにぎやかになる。色とりどりの花が咲く。その頃、「たまにはお義父《とう》さんと一緒に遊びに来ない?」と母に電話をかけてみよう。「ありがとう」も「ごめんなさい」も言えなかったあの日に戻ることはできなくても、私を育ててくれた母の手を、そっと撫《な》でたら——さすがに照れくさいかな、それは。

「はい、パパ、毒見よろしく」

娘ができたてのよもぎだんごを皿に入れて持ってきた。

「毒見って、おまえなあ……」

苦笑交じりに指でつまむ。口に運ぶ前に、鼻先でにおいを嗅いでみた。よもぎの青くささと白玉の粉っぽさが混じり合って、しょぼくれたような、むしょうに懐かしいような、「素朴《そぼく》」というのは、こういうにおいのことなのかもしれない。

ゆっくりとおだんごを口の中に入れた。噛《か》みしめるごとに、かすかなえぐみのあるほろ苦さが口に広がる。

「なにもつけなくていいの？　アンコときな粉、あるよ？」

妻に訊かれたが、私は首を横に振る。母がつくってくれたよもぎだんごには、砂糖のほとんど入っていないきな粉が申し訳程度にまぶしてあるだけだった。それでも、そのほのかな甘みが、母だった。ふるさとだった。

部屋の中からは、息子が「うわっ、これ苦くない？」と言う声も聞こえた。「アンコもっとちょうだい、べたべたにつけないと食べられないよ」

一方、娘のほうは「あ、わたし、この苦いの、けっこう好きかも」と言う。「青汁のお菓子みたい」

まあ、そういう発想も「あり」ということにするか……。

二つ目のおだんごを頬張った。ほろ苦さが、今度は胸に広がっていって、しょっぱさになった。よく噛んだ。すり残しの葉っぱのスジを奥歯でキシキシとつぶした。歯の裏にまとわりつく白玉のねっとりした感触も、ずいぶん懐かしい。

妻が庭に出てきた。料理が好きな妻でも、初めてのよもぎだんごづくりは勝手のわからないことばかりだったという。自己採点で六十五点。悔しそうに言いながら、その悔しさを楽しむようにつづけた。

「やっぱりアレよね、こういうのは、おばあちゃんにつくり方を教わったほうがいいのよね、ほんとはね」

私はうなずいて「おふくろの味だもんな」と笑う。

口の中のおだんごが、ほんのりと甘くなる。

庭にモンシロチョウが飛んできた。ふわふわと、ゆらゆらと、頼りなげな羽ばたきをして、小さなチョウチョウチョは今年もまた春が巡《めぐ》り来たことをわが家に伝えてくれた。

ジーコロ

このあたりを車で走るのは、ずいぶんひさしぶりだった。

「懐かしいな」

助手席からぽつりと言うと、ハンドルを握《にぎ》る若月《わかつき》くんは意外そうに「課長、このへんにくわしいんですか?」と訊《き》いてきた。

無理もない。二十三区内ではあっても都心からはかなり距離がある、ビジネスとは無縁の住宅街だ。私鉄の電車は各駅停車しか停《と》まらない。いまでこそビルもぽつぽつ建っているが、あの頃——二十六年前は、界隈《かいわい》でいちばん背が高いのは銭湯の煙突だった。学生や単身者《たんしんしゃ》が住む安普請《やすぶしん》のアパートが窮屈《きゅうくつ》そうに軒《のき》を連《つら》ね、消防車が入れないような狭い露地《ろじ》もそこかしこに残っていた。

「二十六年前って……細かいですね」

若月くんが笑う。入社二年目の彼は、まだ生まれてもいないはずだ。

「俺が上京した年だよ」

「そうなんですか？」

「ここ、俺が初めて住んだ町なんだ」

十八歳だった。大学進学で、東京からうんと離れた――新幹線でも半日がかりの田舎から上京して、この町に住んだ。

「大学には電車で一本だし、各停《かくてい》しか停まらないからアパートの家賃も安いし……あんまり都会すぎないっていうところがよかったんだろうな」

他人事のように言った。実際、四十代半ばにもなると、十八歳の頃の自分が遠い。あの頃の自分といまの自分がひとつながりだというのが、ときどきピンと来ないことがある。

車は交差点の赤信号で停まった。ちょうどこのあたりだ。ここを左に曲がって、なだらかな坂を下ってまっすぐ進み、歯科医院の角を右に曲がって……。

シートから伸び上がるような格好できょろきょろしていたら、若月くんが言った。

「ちょっと寄ってみますか？」

「あ、いや……でも、仕事中だからな……」

「次の現場のアポまでは時間ありますよ。道も空《す》いてるし、このまままっすぐ行ったら、向こうで時間余っちゃいますよ」

「そうか？」

思わず声がはずんでしまった。

若月くんにも伝わったのだろう、含み笑いで「どっちに曲がりますか？」と訊かれた。

「左だ……うん、そう、左なんだ」

ウインカーが左に灯《とも》る。カチ、カチ、カチ、と規則的な音がする。

この四月の人事異動で、営業部の担当エリアが変更になった。三月まで都心の湾岸地区を担当していた私は、入社以来初めて、東京の西北部を任《まか》されることになった。

不動産会社の営業課長としては、左遷《させん》に近い担当替えだった。三月に内示《ないじ》を受けたときには大いにくさって、落ち込んで、家族にも迷惑と心配をかけたものだった。

だが、新年度が始まって二週間——初めての外回りでこの町を通りかかったというのは、なにかの因縁《いんねん》というか、運命の導きというか……大げさかな、無理やりプラス志向にしてるのかな、と苦笑しながら、左折する車に身を任せた。


二十六年というのは、町並みを変えてしまうには十分すぎるほどの長い年月である。移り変わりの激しい都心はもとより、こういう、ごくありふれた住宅街でも同じだ。

不動産会社にいれば、それが身に染《し》みてわかる。われわれの仕事は、町並みが変わるからこそ成り立つ。いや、ビジネスのために先頭を切って町並みを変えていくことこそが、われわれの仕事だとも言えるだろう。

だから――覚悟は、していた。

あの頃の町並みが、そっくりそのまま残っているはずはない。

バブル景気があったのだ。その崩壊《ほうかい》があったのだ。住民の世代も入れ替わり、あの頃はまだふつうに残っていた東京オリンピック以前の建物も、さすがにもう残ってはいないはずだ。

そう、覚悟はしていたのだ。懐かしさをたどるのではなく、懐かしさを感じるよすがも消えてしまったことを確かめるための再訪《さいほう》なんだぞ、と自分に言い聞かせてもいたのだ。

だが――。

町は、私の覚悟していた以上に変わっていた。かつて住んでいたアパートを探すのにもさんざん道に迷い、最後は電柱の住居表示を頼りにようやく見つけたその場所も、両隣《りょうどなり》とまとめてマンションに姿を変えていた。

「とりあえず、停めましょうか」

若月くんはマンションの前で車を停めてくれたが、わざわざ降りてみるほどのことでもない。あの頃の面影《おもかげ》は、もう、どこにもないのだから。

『富士見荘』っていうアパートだったんだ。昔の下宿屋みたいに玄関で靴を脱いで上がって、一階に六部屋、二階に八部屋あって、俺は二〇三号室だったんだよ……」

問わず語りに若月くんに話す口調も、自然と沈んでしまう。

「風呂なんてもちろんなくて、トイレや流し台も共同で、ガスは一回五円で十分間使えたんだ。お湯を沸《わ》かしてインスタントラーメンをつくる、ぎりぎりの時間だよな」

エアコンもなかった。上京したての頃はテレビもなかった。電話もなかった。ケータイなどSF小説の世界だった。共同トイレの壁には、「トイレが詰まったらこちらへ」という修理業者のシールがべたべた貼られ、近所に住む大家のじいさんが朱筆《しゅひつ》で書いた「便所内禁煙」の貼り紙もあった。

「トイレに入ると消臭剤のにおいがキツくて、目がしょぼしょぼするんだ。田舎から出てきたばかりだから、東京の水はとにかくカルキ臭くて、歯磨きのあとのうがいもキツかったほどだよ……」

一人で思い出にひたっているうちに、若月くんの相槌《あいづち》はしだいに気のないものに変わっていった。

無理もない。自分自身に置き換えてみれば、よくわかる。中卒で集団就職した上司の思い出話、もっと真剣に聞いてあげればよかったな——と悔やむのは、自分がその上司と変わらない歳になってからなのだ。

「……行こうか」

ため息交じりに言うと、若月くんは静かに車を発進させた。

かつての『富士見荘』の前の通りを十分ほど歩いたところに、小さな公園がある。さすがにここは、あの頃のまま残っていた。ブランコがあり、すべり台があり、ジャングルジムがあって……電話ボックスがあった。

「ちょっと悪い、停めてくれ」

「は？」

「あの電話ボックス、懐かしくて」

「はあ……」

「ちょっとだけ、うん、ちょっとだけ、俺、外に出てくるから」

シートベルトをはずし、五百円玉を若月くんに渡した。「コンビニで缶コーヒーでも買ってきてくれよ」——思い出にひたるのは、やはり、一人のほうがいい。

車を降りて公園の中に入った。電話ボックスに向かって歩きながら、ちょうどいま頃だったんだなあ、とあらためて思いだした。

四月の半ばだ。

すっかり葉が出てしまった桜を横目に、二十六年前の私は十円玉を何枚も握りしめて、あの電話ボックスに向かって歩いていたのだ。
夜だった。
ひとりぼっちだった。
四十四年の人生の中でいちばん孤独だったのは、あの頃だった。

四月に入ってすぐに上京して、アパートで一人暮らしを始めた。といっても、大学の授業はなかなか始まらない。入学式の数日後に科目登録《かもくとうろく》をして、受付が終わって時間割が確定するまでにさらに数日かかった。その間は、なにもすることがない。暇つぶしに大学に出かけても、いったい誰が同級生なのか見当もつかない。

両親や妹と一つ屋根の下で暮らしていた三月までは、一日中家にいれば、家族と言葉を交わす機会は何度もあった。外に出れば友だちもいた。たいしたことを話していたわけではないが、友だちと一緒にうだうだと過ごしていれば、一日なんてあっという間に過ぎていった。

だが、東京では――知り合いは、誰もいない。高校時代の仲間で上京したのは私一人だった。アパートにいても話す相手はいない。外に出ても話す相手はいない。買い物に出ても無言で用はすむ。銭湯に行っても口を開く必要はない。

最初の二、三日は平気だったが、しだいに寂しさが身に染みてきた。

田舎では、ちょっと近所を歩くだけでも、おばちゃんやおばあちゃんやおじいちゃんが声をかけてくる。

「どこに行くん?」「なんぼになったんか」「しばらく見んうちに大きゅうなったねえ」「お母さんによろしゅう言うといてね」「おう、ちょっと待っとれや、柿がぎょうさん穫《と》れたけん、お裾分《すそわ》けしちゃる」……。

田舎にいた頃はうっとうしくてしかたなかった人付き合いが、上京してまだ半月足らずだというのに懐かしくなった。

近所を歩いても、大学に行っても、新宿あたりをぶらついても、東京では誰も声をかけてこない。知り合いは誰もいない。十八歳の私は、正真正銘《しょうしんしょうめい》のひとりぼっちだったのだ。

アパートには共同のピンク電話があったが、私への電話は一本もなかった。両親には「よっぽどのことがないと電話せんといてよ」としつこいほど念を押していたので最初から期待などしていなかったが、番号を伝えてある田舎の友だちからも電話がかかってこなかったのは、さすがに寂しかった。あいつらも新しい生活で忙しいんだ、と自分を無理に納得させても元気は出ない。かといって、こっちから電話をするのも「負け」を認めてしまうような気がして嫌だった——友だちもそれぞれの街で、私と同じようなことを思って電話をかけられずにいたんだと知ったのは、ずっとあとになってからだった。

とにかく寂しい。人恋しい。こんなに長い間誰とも話さないのは、ほんとうに、ものごころついて以来初めてのことだったのだ。

大学が始まれば友だちができるから、あとちょっとの辛抱だ——と自分に言い聞かせた。

しかし、その一方で、大学でも友だちができなかったらどうしよう——という不安も消えない。

いまにして思えば笑ってしまうような話だが、あの頃の私は真剣だった。沈黙の中で一日を終え、布団にもぐり込むと、このまま俺は一生誰とも口をきかないんだろうかという不安に襲《おそ》われて、頭からすっぽり布団をかぶって、高校時代から大好きだった矢沢永吉の歌を思いだすまま何曲も歌う。昼間ほとんど動かしていないぶん、顎《あご》の付け根が微妙にこわばっているような気がして、それでますます不安に駆《か》られてしまう……。

授業が始まる前日も、誰とも言葉を交わすことなく終わった。

昼間は大学近くの古本屋街を回って暇をつぶし、夜になってアパートに戻った。

明日からはだいじょうぶだ、また高校時代みたいに友だちとわいわいにぎやかにやれる。心の半分で期待しながら、田舎者だとバカにされたらどうしよう、じつはすでに同級生は何度も集まっていて、すっかり友だちになっていて、なにも知らないのは俺だけなんじゃないか……という、もはや妄想《もうそう》に近い不安も心の残り半分を占めていた。

あの頃は新聞をとっていなかった。手紙が来るあてもなかった。それでも共同の玄関で靴を脱ぎながら、かたちだけ郵便受けを覗《のぞ》いてみると――絵はがきが入っていた。ふるさとの観光名所だった鍾乳洞《しょうにゅうどう》の写真に、まさか……と思って、はがきを手に取った。

母からだった。

〈元気ですか？　もう一人暮らしには慣れましたか？　こちらはみんな元気です。体に気をつけてがんばってください。住所が合っているかどうか心配なので、届いたら電話をください〉

ほんのそれだけの短い文面を、私は何度も何度も、部屋に入ってからもさらに何度も、読み返した。

夜になって、私は部屋を出た。しょうがないんだ、電話をしないと住所が間違ってると思われるから、しょうがないんだ……と自分に言い訳しながら、十円玉を何枚も握りしめて夜の町を歩いた。

アパートの電話は使いたくない。店先にある赤電話も嫌だ。もっと遠くの、なるべく遠くの、話し声が誰にも聞こえないところ……。

そしてたどり着いたのが、この公園の電話ボックスだったのだ。


プッシュホンではなかった。テレホンカードも、あの頃はなかった。電話機の色は黄色だっただろうか、緑だっただろうか、あんがい青だったような気もするが、記憶は定《さだ》かではない。

ただ、回したダイヤルが、ジーコロ、ジーコロ、と戻る音と間はよく覚えている。いらいらするほどのんびりとしていて、のんびりとしているからこそ胸が高鳴る、あのジーコロの何秒間かを、私は一生忘れないだろう。


たいしたことは話さなかった。ボックスのガラスに映り込む自分の顔がにやつかないよう、ぶっきらぼうに「はがき、着いたけん」「元気でやっとるけん」「ごはん？ ちゃんと食うとる食うとる」と言って、母の話はほとんど聞かずに受話器を置いた──はずなのに、戻ってきた十円玉は意外と少なかった。

なんだかんだと言って、長電話したんだろう、おまえ。

四十四歳のオジサンが、十八歳の少年の見栄《みえ》っ張《ぱ》りを笑ってやった。

おぼろ月だったよな。覚えている。東京に出てきて初めて見上げた月だ。ずっとうつむいて歩いていたんだ、とそれで気づいた。帰り道の足取りは軽かった。胸のつかえが取れるというのはこういうことかもしれない。

まだ友だちはいない。知り合いもいない。状況はなにも変わっていない。

それでも、やっていける、と思った。東京でがんばっていける、と信じられた。

ほんまじゃ、二十六年たっても、まだ東京でがんばっとるんじゃのう、たいしたもんじゃ。

十八歳の少年が、四十四歳のオジサンを褒《ほ》めてくれた。

ありがとう。

素直に思う。もうちょっとがんばるからな、見てろよ、とも思う。

電話ボックスに入った。あたりまえの話だが、電話機はもうダイヤル式ではなかった。グレーの電話機は、液晶《えきしょう》ディスプレイやデータ通信の接続口もついた最新式のものだった。

わが家に電話をかける。やはりプッシュホンはダイヤルとは違う。ジーコロがないと、早くつながりすぎる。携帯電話のワンタッチ発信に慣れきっていた体と心が、たまにはのんびりしようぜ、とひさしぶりに笑った。

妻が出た。

「あ、俺だけど……べつに用じゃないんだけど、うん、仕事がんばるぞ、って……愚痴をこぼしててもしかたないから、とにかくしっかりやるから……それだけ言いたくてさ……」

きょとんとした様子の妻に「くわしいことは帰ってから話すよ」と言って、受話器を置いた。

ボックスから出ると、ちょうど若月くんもコンビニから戻ってきたところだった。私に気づくと、缶コーヒーの入った袋を掲《かか》げて笑った。

私も笑い返す。ジーコロ、ジーコロ、ジーコロ……と、つぶやきながら歩いていると、ふと気づいた。

ジーコロは、スキップのリズムだった。

さくら地蔵

そのお地蔵《じぞう》さまは、子どもたちの通学路に、ぽつんとたたずんでいる。車なら見過ごしてしまいそうな、小さな、少し古びたお地蔵さまだ。

正式な名前はついていない。ただ、お地蔵さまのことを知るひとたちは皆、さくら地蔵と呼んでいる。毎年春になると、二月の立春《りっしゅん》あたりから五月の立夏《りっか》を少し過ぎた頃まで、お地蔵さまはきれいな桜の花びらで飾られるのだ。

だから、桜の季節をはずして近所に引っ越してきたひとたちは、春になるとびっくりしてしまう。ふだんはお供え物すらめったにないお地蔵さまの足元に、ピンク色のじゅうたんが敷き詰められているのだ。

だが、頭上には桜の樹はない。お地蔵さまのまわりにも花びらは一枚も落ちていない。まるでチョウチョがお目当ての花にとまるように、どこからか風に乗ってやってきた花びらがお地蔵さまを狙《ねら》って舞い落ちたとしか思えない。

今年もまた――。

「ねえ、ママ」

母親と手をつないで歩いていた幼い少女が、不意に少し先の道ばたを指差した。

「あそこ、おじぞうさま」

「あ、ほんとだ」

母親は、ふうん、こんなところにお地蔵さまあるんだね、と歌うように言って、ふっと笑いながら少女に目をやった。

「美奈《みな》の日課ができたね」

「ニッカって?」

「毎日やること。ほら、パパがお風呂から上がると頭にお薬つけてるでしょ、それと同じ」

「えーっ、ミナ、ハゲてないよお」

母親は「そうじゃなくて」とまた笑った。にこにこしている。ちょっとした拍子で頬からこぼれ落ちそうなくらい、微笑みが次から次へと湧《わ》きあがっている。

「おじぞうさま、きれいなおざぶとんにすわってるね」

少女は言った。座布団の正体に気づくには、まだ少し距離がある。

「美奈、今度から学校に行くときとおうちに帰るとき、お地蔵さまにあいさつしてごらん。おはようございますとか、さようならとか」

「しゃべれるの？」

「それはちょっとアレだけど……でも、毎日きちんとあいさつしてると、交通事故に遭《あ》わないから」

「そうなの？」

「うん、お地蔵さまが守ってくれるの」

「コーツーアンゼン？」

そうそう、と母親は少女の手をきゅっと握った。

「今度から車に気をつけないといけないんだからね、いい？　ほんとに気をつけるのよ」

ごきげんそのものだった笑顔に、ほんのわずか翳《かげ》りがさした。少女とつないでいないほうの母親の手には、デパートのショッピングバッグがある。中にはきれいにラッピングされたランドセルが入っている。

「学校に行く道順を早く覚えて、危なそうなところとか車の多いところとか、ママもチェックしとくけど、美奈も、ほんとに気をつけなきゃだめよ」

さらに強く、ぎゅっと手を握りしめると、少女は「わかってるってば」と母親の心配性をうっとうしがって、つないでいた手もはずしてしまった。

「おじぞうさま、みてくるね」

駆けだした。歩道のない道だ。車は途切れていたが、母親は「走ると危ないから、ほら、歩いて」とあわてて追いかける。

「あれえ?」

お地蔵さまの前で足を止めた少女は母親を振り向いて、「ざぶとんじゃなかったよ」と言った。「これ、さくらのはなびら……だよね?」

母親も怪訝そうにうなずいて、お地蔵さまの頭上に目をやった。

桜の樹はない。道路にも花びらは落ちていない。

少女は首をかしげながら言った。

「だれかがもってきてあげたの?」

母親は頭上を仰《あお》いだまま、そうよねえ、と頼りなげに言う。

「だれが?」

「そんなのわからないけど」

「なんでもってきたの? きれいだから?」

「うん、でも、まだ咲いてないと思うんだけど、日なたはもう咲いてるのかなあ……」

いまは三月の半ば——この町の桜の開花は、あと半月以上も先のことだ。

ま、いいや、と母親は少女に目を戻し、「帰りが遅くなっちゃうから行こうか」と声をかけた。

「がっこうまであとどれくらい？」

「次の次の次の信号を曲がって、まっすぐ」

「えーっ、かぞえまちがったらヤバいじゃん」

「だから今日から練習してるんでしょ、はい、行くよ」

デパートでランドセルを買った帰りに、バス停から寄り道をした。通学路の初めての下見だった。

あと一ヵ月たらずで、少女はそのランドセルを背負って学校に通うことになる。せっかくお気に入りだったランドセルの赤い色が、学校で配られた交通安全の黄色いカバーに覆《おお》われてしまうことを知ってがっかりするのも、ちょうどその頃だろう。

そして母親の胸には、子育ての心配の種がまた一つ増える。毎朝はらはらしながら少女を見送って、帰りが遅いとどきどきして、不安に駆《か》られ、「ただいま！」の声にほっと息をつく毎日が、もうじき始まる。「はらはら」や「どきどき」の種類を変えながら、それが何年も――たぶん十年以上もつづく。

そんな親子を、さくら地蔵はずっと見つめてきた。

「いい？　美奈、道路を走ったりしたらだめなんだよ」

「はーい」

「あと、横断歩道を渡るときは、信号が青になっても……」

「みぎ、ひだりーっ」

「そうそう」

「あ、でも、ママ、どっちがみぎだっけ」

「お箸《はし》持つほうだってば」

少女は右手にお箸を持ち、左手にお茶碗を持つポーズをして、やっと「あ、こっちか」とうなずいた。

やれやれ、と母親は苦笑する。

さくら地蔵も目を軽くつぶって微笑む。

この場所にたたずんでから、もうずいぶん長い時が流れた。桜の季節を迎えるのは何度目になるだろう。いまの母親が小学校に上がる前から、さくら地蔵はいる。歳月がたつにつれて少しずつ古びてはいっても、歳をとることなく、ずっと、ここにいる。

親子連れの姿が見えなくなるのと入れ替わるように、トラックが通りを駆けてきた。住宅街には不釣り合いな、長距離便の大型車だった。荷台には噴煙《ふんえん》をあげる阿蘇山《あそさん》がエアブラシで描かれ、フロントバンパーが大きく前に張りだした、いかつい車だ。

さくら地蔵の前で停《と》まる。エンジンをアイドリングさせたまま、運転席から三十がらみのドライバーが降りてくる。角刈《かくが》りにサングラスといういでたちの男だった。手にコンビニの袋を提《さ》げていた。半透明の白い袋に、中に入ったもののピンク色がほんのりと透《す》けている。

肩を大げさに揺すって道路を渡ったドライバーは、さくら地蔵と向き合うと、がっしりした体が一回りしぼんだように神妙《しんみょう》な様子になった。

「ひさしぶり」

笑って声をかけた。サングラスの奥の目が急に優しくなった。

「熊本は、今年は暖冬やったし、もう夏みたいに暑いけん、しまいや。小倉《こくら》のほうで取ってきた」

コンビニの袋をお地蔵さまの頭上に掲《かか》げ、さかさまにすると、桜の花びらが、袋からこぼれ落ちた。

袋いっぱいの花びらは、ひらひらと舞いながらお地蔵さまに降りそそぐ。桜のシャワー――いや、それは、小さな小さな花吹雪だった。

空っぽになった袋を作業着のポケットにしまったドライバーは、お地蔵さまのまわりに散った花びらをていねいに拾い集め、足元に敷《し》き詰めた。ピンク色のじゅうたんが、いっそうふかふかになった。

「ムウさんも寄る言うとらしたけん、これ、高知のほうの桜やろか。なかなかきれいばってん、九州の桜には負けとうやろ。太陽の光ば違うけんね」

なあ、としゃがんだままお地蔵さまに笑いかける。ムウさんにはナイショにしてな。肩をすくめる。

「去年は一年、お世話になりました。今年もまた、よろしゅうにお願いします」

あらたまった口調であいさつして、手を合わせる。目をつぶり、こうべを垂《た》れて、しばらくじっと動かない。

風が吹く。春のやわらかい風だったが、目を開けたドライバーはぶるっと身震いして「まだ、このへんは冬の残っとっとやね」とつぶやき、それをしおに立ち上がった。

お地蔵さまの足元から花びらを一枚だけ拾って、それを免許証入れに挟《はさ》む。

一年に一度のおまいりが、今年も無事に終わった。

「また来るけんねえ」

最後にぺこりとおじぎをしてトラックに戻ると、車の中で待っていた若い助手が、なるほどねえ、という顔でうなずいた。「あれが、さくら地蔵ですか」

「『さん』ば付けんか」

ドライバーの顔つきは、もう——いつもの、こわもてに戻っていた。

「……さくら地蔵さん」

「おう」

「ケンさんは、いつからおまいりばされっとっとですか」

「もう五年よ。娘ができてからやけん」

ドライバーはシートベルトを締めながら、「そっちは来年からやな」と笑った。

助手は照れ笑いを浮かべて「場所も覚えましたけん」とうなずく。まだハタチになったばかりの助手は、もうすぐ父親になる。息子ができる。来年のいまごろは、彼も仕事で立ち寄った先で拾い集めた桜の花びらを持って、さくら地蔵におまいりをすることになる。

交通安全——。

万が一にも、事故を起こさないように。事故に巻き込まれないように。そしてなにより、子どもたちを悲しませないように。

トラックが走りだす。交差点を曲がる。ゆっくりと、慎重に、大きな車体の前後左右に気を配りながら、曲がる。


広島の桜がお地蔵さまを飾った。静岡の桜がその上に降り積もった。山梨、千葉、群馬、いったん西に戻って、春の遅い金沢、長野とつづく。

すでに桜前線はこの町を通り過ぎたが、さくら地蔵だけは、四月の半ばを過ぎたいまもまだ花の盛りだった。

トラックターミナルの食堂で遅い朝食をとっていたナベさんに、「おはようさんです」と同僚のテラさんが声をかけた。

「おう、ひさしぶり」

ナベさんは頬をゆるめ、豚汁《とんじる》を一口啜《すす》った。同じ運送会社のドライバーといっても、路線や勤務ローテーションが違うと、なかなか顔を合わせる機会がない。テラさんと会うのも半月ぶりだった。

テラさんは隣の席に座ると定食のおかずに醤油《しょうゆ》をどぼどぼとかけて、「昨日はアベくんがおまいりしたって」と言った。「仙台のほうの桜だって言ってたな」

「そうか……もう、そのへんまで来てるのか」

「今年は、関東がわりと早かったから。チュウの話だと、函館あたりも連休前には満開になるんじゃないかって」

「春もそろそろ終わりか」

「うん、終わりだなあ、今年も」

さくら地蔵の春は毎年、那覇のヒガンザクラから始まる。別の運送会社で沖縄のフェリー便を担当しているイケちゃんが、二月になるのを待ちわびるようにしてトラックに載せるのだ。春の終わりは、旭川のヤマザクラ。三台のトラックのリレーで運ばれてくる。札幌の支店にいるシュウタから「こっちのつぼみも、だいぶふくらんできました」とナベさんに電話が入ったのは、つい三日前のことだ。

「ナベさんは、もう行ってきた？」

「いや……まだ」

「だめだよお、行かなきゃ。なにやってんの」

背中を軽く叩《たた》かれた。痛みはほとんどなく、かわりに温もりが伝わる叩き方だった。

「今週の青森便って誰だったかな、中山《なかやま》かな、浦野《うらの》かな、ちょっと俺、訊いてみようか。あいつらならすぐに探して持ってくるよ、桜」

さっそく携帯電話を取り出すテラさんを、ナベさんは「いいよいいよ」と苦笑交じりに制した。

「でも、行ったほうがいいよ、ほんと。毎年のことだったんだし、こういうのって途切れるとよくないんじゃないか？」

テラさんは心配顔で言う。

長距離トラックのドライバーには、ゲンかつぎをするひとが多い。ほんのわずかなハンドルやブレーキ操作のミスが事故につながる。ミスがなくても、自分ではどうしようもないタイミングで事故に巻き込まれることもある。自分の運転技術をプロとして信じてはいても、最後の最後には、やはり、運不運が境目になる。神経質なドライバーになると、高速道路で前を走る車のナンバーに「4」と「9」が並んでいると、必ず追い越すか後続車を間に入れるかするほどだ。

テラさんも仕事の前はトラックのフロントグリルに塩をまく。運転席に乗り込むときも息を止める。成仏できない霊がトラックに乗ってウチに帰りたがるかもしれないからさあ、呑み込んだらヤバいだろ、と仲間には冗談めかして言っているが、塩をまくときも運転席に乗り込むときも、表情は真剣そのもの——お相撲《すもう》さんみたいですね、と笑った荷下ろしのアルバイト学生の顔を一発殴りつけたこともある。

「ナベさん、行くんだろ?」

「うん……」

「さくら地蔵のおかげで、俺たちみんな長年無事故でやっていけたんだからさ、今年も行ったほうがいいと思うよ。あと半年、有終《ゆうしゅう》の美を飾んなきゃ、ね」

ナベさんはこの秋、満六十歳になる。定年を迎えてトラックを降りる。同僚でそれをいちばん寂しがってくれているのが、五つ年下のテラさんだった。

「それに、桜の季節も、ナベさんは今年で最後なんだから」

確かにな、とナベさんはうなずいた。

「さくら地蔵も待ってるよ。なんてたって、ナベさん、古株《ふるかぶ》なんだからさ」

そういうことそういうこと、とテラさんはどんぶり飯をかきこんだ。

最初に言いだしたひとのことは誰も知らない。もう二十年以上も前、長距離便のドライバーの間で、毎年春になると桜で飾られるお地蔵さまのことが話題になった。交通事故で子どもを亡くした親が建立《こんりゅう》した。誰が確かめたわけでもないのに、そういう謂《い》われになった。やがて、桜の花びらをお供え物にしておまいりすると事故に遭わないという噂が流れ、いつのまにか、おまいりできるのは子どものいるドライバーだけ、という不文律めいたものまでできた。

ナベさんは、さくら地蔵にまつわる歴史にいっとう最初から立ち会っている。というより、その歴史の始まりをつくったひとでもあった。

誰にも話していない。これからも打ち明けるつもりはない。

さくら地蔵を建立したのはナベさんだった。ちょうど三十年前のことだ。

その年の春、ナベさんは、一人息子の隆太《りゅうた》を交通事故で亡くした。

季節は静かに移り変わる。

さくら地蔵を飾る桜は、津軽海峡を渡って届けられるようになった。

あと少しで今年の春が終わる。この町の葉桜も、もう花はほとんどなくなった。

ナベさんは待っていた。うれしくて、寂しくて、めでたくて、せつない——そんな連絡が来るのを、トラックを運転しながら、黙って、じっと待っていた。

定年を控《ひか》えて、すでに去年からシフトは軽トラックを使った市内のルート配達便に変わっている。長距離便だった頃とは違って、ほんのちょっとルートをはずれて寄り道をすれば、いつでもさくら地蔵におまいりできる。仕事のスケジュールにも支障はないし、たとえあったとしても、大ベテランのナベさんを咎《とが》める事務方など誰もいない。

それでも、まだ、行かない。知らせを待ちつづけている。いつもの年ならドライバー仲間に桜の花びらを都合してもらうのだが、今年は誰にも頼まなかった。桜ではないものを初めて、隆太に供えるつもりだった。それを待っている。待ちわびている。

五月の連休が終わった。

今年最後の桜——旭川のヤマザクラが札幌支店から届いた。ナベさんはそれを、息子が幼稚園に入園したばかりの若いドライバーに供えさせた。テラさんが「ほんとにいいのか？」ともどかしそうに言っても、「いいんだ」と答えるだけだった。

その日は夕方から雨になった。花びらが雨に打たれて散らばる光景を思い浮かべ、ナベさんはくちびるを噛みしめる。連休中には来るはずだった連絡がまだ届かない。花びらが風に吹かれて飛ばされてしまうよりはました、と自分に言い聞かせるしかなかった。だが、そこまでこだわる必要はあるのかと問うのも、同じ自分だ。早く隆太に会いたい。桜で飾られた隆太の笑顔を一年ぶりに見てみたい。春夏秋冬、折に触れてお地蔵さまにおまいりはしているが、春のお地蔵さまの微笑みは、ほかの季節とは微妙に、けれど確かに違うのだ。

あと一日待とう、と決めた。翌日には、もう一日だけ待つか、と延ばした。さらにその翌日——ため息を呑み込みながら午後のルート配達をしていたら、携帯電話が着信した。着信音だけでわかる。このメロディーで登録している相手は一人しかいない。

軽トラックを路肩《ろかた》に寄せて停めた。携帯電話を開く指先が震えた。「どうだった?」とあいさつ抜きで訊く声は、もっと震えてしまった。

「産まれたわよ!」

妻の声が耳にキンと響いた。

「三千八百グラム、おっきいの、おっきなおっきな男の子!」

そうか、とナベさんは静かに応えた。そうか、そうか、そうか、と何度もうなずいた。

孫だ。初孫が産まれた。娘が赤ちゃんを産んだ。予定日を過ぎても陣痛《じんつう》が訪れず、大いに気をもんでいた。妻には「最初の赤ちゃんは少しぐらい遅いのがふつうなのよ」と言われていても、どうしても想像は悪いほうへ悪いほうへと転がってしまう。しまいには最悪の事態まで想像してしまい、「縁起でもないこと言わないで」と妻に叱られ、なによりそんなことを考えてしまう自分を責めていたのだった。

「幸恵《ゆきえ》はどうだ？」

「元気元気、もう、すーっきりした顔してるわよ。便秘が治ったみたいだって、ひどいわよねえ」

「そうか、だったらよかった」

「でもねえ、ほんとにあの子、我慢ができない子だから、分娩室《ぶんべんしつ》に入ってからもう大騒ぎなのよ……」

妻はまだ話したがっていたが、仕事中だから、と電話を切った。

ハザードランプを消して、トラックをまた走らせる。次の配達先へは、夕方までに荷物を届ければいい。寄り道の時間はある。なくても、つくる。隆太に伝えなければいけない。春が終わる。さくら地蔵は、もうじき、ただの古びたお地蔵さまになってしまう。カーラジオのニュースによると、今日は朝から気温が上がって、各地で夏日になったらしい。


さくら地蔵には先客がいた。若い女性がひと待ち顔で立っている。待ち合わせの場所にしているのかもしれない。

ちょっとためらったが、そんなことかまっていられるか、と軽トラックを停めて、お地蔵さまに近づいていった。女性もナベさんに気づくと、おまいりではない後ろめたさもあるのか、遠慮がちに会釈《えしゃく》をして、お地蔵さまから少し離れてくれた。

ナベさんは作業帽を脱いでズボンの尻ポケットに入れ、お地蔵さまに向き合った。

桜の花びらは、足元に一枚残っているきりだった。

それでも、間に合った。花びらが一枚でもあれば、季節はまだ春だ。

産まれたよ、隆太——。

目をつぶり、手を合わせて、心の中で語りかける。

おまえの甥《おい》っ子だぞ、隆太——。

六歳から先へは進むことのない隆太の面影が、きれぎれに浮かぶ。

事故に遭ったのは三月だった。小学校に入学する直前——ちょうどこの場所で、脇《わき》見《み》運転のうえにスピード違反までしていた車に撥《は》ねられた。

事故の知らせを聞いたときのショックと、病院で変わり果てた息子と対面したときの悲しみは、たとえようもなく深かった。だが、三十年たってなによりもつらい思い出になっているのは、隆太のなきがらを抱いて家に帰り着いたときのことだ。真新しいランドセルが居間に置いてあった。入学式前に買いそろえた上履《うわば》きや道具箱も、新品の学習机の上にあった。病院で出しつくしたと思っていた涙が、また目からあふれ出た。しぼりきったあとでさらに込み上げる涙は、まるで血が混じっているんじゃないかと思うほど、しょっぱくて、苦かった。

路線バスの運転手だったナベさんは、隆太が初盆《はつぼん》を迎えた頃、会社を辞めた。担当していたのは団地と駅を結ぶ路線だった。子どもの乗客も多い。学校でしつけられているのか、運賃を払って下車するときに「ありがとうございました!」「運転手さん、さようなら!」と屈託《くったく》なく言う子どもたちに、笑ってあいさつを返すのがつらくなった。会社に頼んで担当路線を変えてもらったとしても、子どもの乗らない路線バスはない。そして、子どもを撥ねたり轢《ひ》いたりする恐れのまったくないバスなど、どこにもない。

長距離トラックのドライバーに転職した。真夜中の高速道路を走っていれば、子どもに会わずにすむ。よほどのことがないかぎり、子どもを事故に巻き込むこともない。逃げていたのだろうか。運転の仕事から離れなかったのは、逆に、逃げずにいたいという思いからだったのだろうか。よくわからない。三十年という歳月が流れてしまえば、それはもう、どっちでもいいことなのかもしれない。

隆太を亡くしてからは、うれしい思い出よりも、寂しくて悲しい思い出のほうが多かった。だが、それもいまは記憶というより自分自身の一部になっていて、一つひとつを取り出して嘆《なげ》いたり恨《うら》んだりすることはない。

隆太がいなくなった三年後に、妹の幸恵が生まれた。お兄ちゃんのぶんも幸せになってほしいと願って、古くさい名前でも、「幸」をつかった。

ときどき思う。隆太が事故に遭うまで、ナベさんも妻も、子どもは一人でいいと決めていた。あの事故がなければ、幸恵はたぶん、いなかった。赤ん坊も産まれなかった。隆太が亡くなったから、幸恵がいて、赤ん坊が産まれた。

初孫の誕生がうれしくて、寂しくて、めでたくて、せつない話だというのは、そういう意味だ。

隆太、よろこんでくれるよな、おまえも――。

甥っ子を、守ってやってくれ――。

目を開けて合掌《がっしょう》を解くと、さっきの若い女性がこっちを見ていた。目が合うと、小さく会釈しながら、「すみません……」と話しかけてきた。

「ご近所のかたですか？」

「ええ、まあ……」

「よかったら、このお地蔵さまのこと教えていただけますか？」

「え？」

「この道を通るようになったのって最近なんです。だから、お地蔵さまのこと全然知らなくて……桜の花びら、ずっとお供えしてあるじゃないですか。子どもと二人で、なんでだろうねなんでだろうねって、いつも話してるんです」

ナベさんは静かに微笑んだ。隆太が生きていれば、この若い母親よりも年上になっているんだな、とあらためて思う。

「あと、子どもに聞いたら、ときどき大型トラックの運転手さんが花びらを持ってきてるみたいだっていうんですけど、それってほんとうなんですか?」

微笑みがじんわりと自分の胸に染みる。

隆太の一周忌に、お地蔵さまを建立した。二度とあんな事故が起きてほしくないという祈りが半分、隆太がこの世に生きていたという証《あかし》をのこしたかったのが半分だった。満開の桜の下で入学式を迎えることを楽しみにしていた隆太のために、小学校の校庭の桜が咲くのを待って花びらを供えた。それが、さくら地蔵の始まりだった。

話を広げるつもりなどなかった。転職先の運送会社では隆太の事故のことはなにも話さなかったし、「あそこにお地蔵さまができたのを知ってるか?」とルート配達のドライバー同士が話すのを聞いても、黙って通り過ぎていた。

だが、車の怖《こわ》さを知りつくしているドライバーたちには、お地蔵さまのたたずまいから、きっとなにかが伝わったのだろう。それでいい。ささやかなゲンかつぎに桜の花を持ち寄ることで、ハンドルを握る手やアクセルを踏む足に優しさが宿るのなら、隆太もきっとよろこんでくれるはずだ。

「今年の桜は、もうおしまいなんだよ」

ナベさんの言葉に、母親は「ですよね、もうすぐ夏ですもんね」とうなずいた。

「でも、また来年の春には、桜が咲くから」

「ええ……」

「日本中から桜が来るんだよ、このお地蔵さまには」

「そうなんですか？　じゃあ、トラックの運転手さんが持ってくるのって、やっぱりほんとうなんだ」

「ああ、沖縄から北海道までだからすごいだろう？」

「なんでそんなことしてるんでしょうね」

「さあなあ……」

笑っていなしたナベさんは、でも、とつづけた。

「幸せ者だよなあ、このお地蔵さまは」

母親も笑い返してうなずいたとき、小学校の方から女の子が「ママー、おまたせーっ」と、黄色いカバーのかかったランドセルを背中で躍《おど》らせながら駆けてきた。

「娘さん？」

「ええ、一年生で、先週から集団下校が終わったんですけど、やっぱり心配なんで、ここまで迎えに来てるんです。甘やかしてますよね」

「そんなことないさ、甘えさせてやればいいんだよ、子どもっていうのは」

あなたは絶対に孫をべたべたにかわいがっちゃうわよね、と妻にも言われている。

二十年ほど前には、幸恵の子育てで、同じことを妻に言われた。

隆太のぶんも——と思うのは、もしかしたら隆太にとっては悲しいことなのかもしれない。ちぇっ、いいなあ、と口をとがらせる隆太の顔も、六歳のまま、浮かぶ。

それでも、ナベさんはお地蔵さまを振り向いて、まあそう言うな、と頬をゆるめ、さっき報告しそびれていたことを伝えた。

おまえが会えなかった妹は、赤ん坊の名前を、おまえから一文字取って「優太」にするつもりらしいぞ。

お地蔵さまの微笑みが、少し深くなった。

母親に抱きついた少女は、「おみやげもってきたんだよ、おじぞうさまに」とはずんだ声で言った。

「おみやげって？」

「あのね、あのね、うーんとね、あのね……」

口で説明しかけたのをやめて、ランドセルを背中から下ろし、路上で蓋《ふた》を開けた。

筆箱を取り出してファスナーを開くと、ピンク色の花びらがぎっしり詰まっていた。

桜——でなかった。

それは、指で小さくちぎったピンクのいろがみだった。

「どうしたの？　こんなにたくさん」

「あのね、あのね……」

図工の時間に、ちぎり絵をしたのだという。いろがみをちぎっていたら、さくら地蔵のことをふと思いだした。桜の花びらがなくなって、お地蔵さまがちょっと寂しそうだったな、とも。

「それで、ミナ、いっぱいつくったの。おともだちにももらったの。ミナのほかのいろとこうかんして、みんな、ピンクのいろがみをたくさんくれたんだよ」

得意そうに少女は胸を張る。

「やだ、じゃあ美奈のいろがみ、ほかの色がなくなっちゃったんじゃないの？」

「うん、だからあたらしいの、かってちょうだい」

まいっちゃうなあと苦笑する母親も、友だちと仲良くしていることに安心したのか、お地蔵さまのために桜の花びらをつくる優しさがうれしかったのか、少女の頭をなでながら「帰りに文房具屋さんに寄っていこうか」と言った。

そんな二人を目をしばたたかせて見つめていたナベさんは、思わず「ありがとう」と声をかけた。「美奈ちゃんっていうの？　美奈ちゃん、ありがとうねえ」

少女は母親と顔を見合わせて照れくさそうに笑い、筆箱の中の花びらを両手の手のひらに載せた。

「この子、お地蔵さまと仲良しなんです」

母親が言った。「毎朝、おはようってあいさつしてるんです」とつづけると、少女は「かえりもだよ」と付け加える。

ああ、そう、そうか、仲良しなのか、とナベさんは満面の笑みをたたえて何度も大きくうなずいた。

少女はお地蔵さまの頭上から花びらを振りかけた。ひらひらと舞い落ちる花びらを浴びて、お地蔵さまはおだやかに目を閉じて微笑んでいる。

よかったなあ、隆太、よかったなあ——。

うれしいよお、お父さん、うれしいよお——。

ナベさんは軽トラックに向かって歩きだす。これ以上この場にはいられない。息子の前で涙を見せるわけにはいかないのだ、父親は。

「コーツーアンゼン、コーツーアンゼン、よろしくおねがいしまーす」

少女はバネ仕掛けの人形のようにぴょこんとおじぎをした。母親に「ちゃんとおまいりしなさい」と言われて、えへへっ、と笑いながら、服の袖《そで》についていた花びらの最後の一枚を、お地蔵さまの顔にくっつけた。

お地蔵さまの頬が、ぽっとピンク色に染まった。

せいくらべ

その傷と文字を最初に見つけたのは、小学二年生になったばかりの弟だった。

「あーあ、いーけないんだ、こんなところに落書きしちゃって」

廊下《ろうか》の柱だった。

ボールペンで刻《きざ》んだ小さな文字の落書きが何カ所かにある。どれも低い位置——五年生のわたしの胸から下にあったので、引っ越して半月では気づかなかった。

〈タケシ　6才〉

〈タケシ　7才〉

〈タケシ　8才〉

年齢が上がるにつれて、文字を書いた位置も高くなる。よく見ると、それぞれの文字の脇《わき》には、爪《つめ》を立てたような細く小さな傷もあった。

あ、わかった、とわたしはうなずいて、傷のヒミツを教えてあげた。

「せいくらべしたんだよ」

「せいくらべ?」

「そう。背を測《はか》って、印《しるし》をつけるの。去年よりどれだけ背が高くなってるかな、って」

「あ、ぼく知ってるよ、歌あるでしょ。こどもの日にやるんだよね」

「そうそう」

「ぼくもする、いいよね、おねえちゃん」

うん——とうなずきかけて、あわてて首を止めた。だめだ。そんなの、できない。

「ヒロくん、それ、やっちゃだめなの」

「えーっ、なんで?」

「ここはウチの家じゃないんだもん、借家《しゃくや》なんだもん。勝手に傷をつけたら、パパやママが家主《やぬし》さんに怒られちゃうんだよ」

「なんで?」

「ヒロくんだって、自分のマンガ本を友だちに貸して破られちゃったらイヤでしょ? それと同じなの。この家は、ちゃんと持ち主がいるんだから。家主さんに怒られたら、ここから追い出されちゃうんだよ」

「そうなの?」

「引っ越す前に、お母さんに言われたでしょ、もう忘れちゃったの？」

あきれた。でも、弟の忘れっぽさが、ちょっとうらやましい。

わたしは覚えている。いままでみたいにシールを勝手に貼《は》ったりしちゃだめよ、とお母さんに言われた。今度の家はウチの家じゃないんだから、貸してもらってるだけなんだから——そのときのお母さんの悔《くや》しそうで寂しそうな顔も、早く忘れたいのに覚えている。

「じゃあ、ウチの家も誰かに貸してるの？」

ほんとうに忘れっぽい。これじゃ勉強が苦手なわけだ、と笑った。

「ウチの家は、もうウチの家じゃないの」

「あげちゃったの？」

「……取られちゃったの」

弟もそれでやっとわが家の状況を思いだして、あ、そうか、とうなずいた。そうだったよね、と寂しそうにうつむいた。

最後の一言はよけいだったかもしれない。でも、ほんとうのことだ。

先々週まで、わたしたちは広い家に住んでいた。先月まで、わたしは「社長のお嬢さま」で、弟は「社長のお坊ちゃん」だった。そんな暮らしがずっと——永遠につづくんだと思い込んでいた。

でも、そうじゃなかった。お父さんが事業に失敗した瞬間、わたしを包み込んでいた魔法は解けた。わたしはお嬢さまでもお姫さまでもない小学五年生に戻った。キラキラと輝くシンデレラの馬車だったあの家は、カボチャに戻って、人手に渡ってしまった。

「タケシくんと比べてみれば？」

「いいの？」

いいに決まっている。だめな理由なんてどこにもない。でも、新しい家に引っ越してからの弟は、ときどき、ひどく遠慮深くなってしまうことがある。

弟を柱の前に立たせた。〈タケシ　7才〉の線よりもちょっと高い。それを教えてあげると、弟は「やったーっ！　勝ったーっ！」とガッツポーズで歓声《かんせい》をあげながら飛び跳ねた。

わたしはあわてて口の前で人差し指を立てる。

「だめ、ヒロくん、だめ、しーっ、しーっ」

人差し指を、今度は壁に向ける。お隣さんとの境の壁だ。

昨日、家主さんからの手紙が郵便受けに入っていた。家の中で飛び跳ねたらこっちにも響くからやめてほしい、階段の上り下りはもうちょっと静かにしてほしい、お風呂で大声をあげて歌わないでほしい、ピコピコという音が耳についてしかたないからゲームをするときは少しボリュームを下げてほしい——要するに、ぜんぶ弟のこと。きっとお隣さんが家主さんに苦情を言ったんだろう。

新しいわが家は、一軒家を縦に二等分した形だった。テラスハウスというらしい。庭がある。二階もある。不動産屋さんから紹介された賃貸物件《ちんたいぶっけん》にはマンションやアパートもあったけど、両親はテラスハウスを選んだ。少しでも住み心地が変わらないようにと考えたのかもしれない。でも、床や階段のつくりは、いままでの家とは比べものにならないくらいボロい。お隣さんとの間の壁も薄っぺらで、しかも、お隣の若い夫婦はダンナさんが夜勤のある仕事で、奥さんは妊娠中だった。

手紙はわたしが見つけて、勉強机の中にしまってある。〈ご迷惑をおかけして申し訳ありませんでした。今後は気をつけます〉とお詫《わ》びの返事をパソコンで打ってお隣さんの郵便受けに入れたのも、わたしだ。両親には話していない。朝早くから夜遅くまで仕事に出ている両親に、インケンなお隣さんの話なんて聞かせたくない。

留守番は、わたしにまかせて。

だいじょうぶ、なにも心配要らないから、ヒロくんの面倒もちゃんと見るから。

引っ越す前、両親に約束した。お母さんは泣きながらわたしを抱きしめてくれて、お父さんは窓に映り込む自分の顔をじっとにらみつけていた。

晩ごはんの片付けを終えて台所を出ると、弟はリビングのテレビをつけっぱなしにして廊下にたたずんでいた。柱に背をつけ、頭のてっぺんに手のひらを載《の》せて、せいくらべをしている。

びっくりするわたしに、「ぼく、間違えてた」と言う。「七歳に勝っても意味ないじゃん」

「なんで?」

「だって、ぼく、ほとんど八歳だし」

ああそうか、と気づいた。弟の誕生日は六月だ。あと二カ月で八歳になる。〈タケシ　7才〉に勝って喜んでいてもしかたない。

「おねえちゃん、ちょっと見て。負けてる? 勝ってる? どれくらい違う?」

「うーん……」

膝《ひざ》を曲げて、弟の頭に目の高さを合わせた。負けてる。弟の背丈は〈タケシ　7才〉と〈タケシ　8才〉の真ん中あたりだ。

弟は見るからにがっかりして、「そっかあ、負けちゃってるんだ……」とうなだれた。

私も負けたのが悔しい。こんなものの勝ち負けにこだわるのは意味がないとわかっていても、やっぱり悔しくて、悲しい。社長のお嬢さまだった頃は「ほんとに、のんびり屋なんだから」とお母さんにいつもあきれられていたわたしが、前の家を追い出されてから、負けず嫌いになった。いまさら負けず嫌いになっても遅い？　そうじゃないよ、と言い返したい。初めて負けてしまったから、負けることがどんなにみじめなのかを知った。もう二度と負けたくないから、負けず嫌いになった。

「あ、でも、ヒロくん、だいじょうぶだよ」

「なにが？」

「だって、タケシくんの誕生日も五月とか六月だったら、八歳っていっても、せいくらべのときにはほとんど九歳なんだから、ヒロくんがいま負けてても全然平気なんだよ」

理屈がよくわからないのか、弟はきょとんとするだけだった。

くわしく説明するのも面倒なので、「ほんとはヒロくんが勝ってるの」と話をまとめた。

「そうなの？」

「そう、絶対にそうなの、やったねヒロくん」

まだピンとこないのか、柱の傷を振り向いて「まあ、どっちでもいいけど」と言う弟の右手をつかんで、グッと持ち上げて、勝者のポーズをとらせてあげた。

でも、弟は「ワケわかんねー」とわたしの手を振り払い、柱の傷をまた見つめた。

「タケシくんって、前にここに住んでたの？」

「うん、そうだよ」

「おねえちゃん、会ったことある？」

「ないないない」

「いまはどこに住んでるの？」

「さあ……」

「どんな子なんだろうね、タケシくん」

弟は柱の傷を指でなぞるようにさわって、たーけし、くん、と声をかけた。

あきれて笑った。でも、笑いはすぐに、しぼんで消えた。

タケシくんとは友だちになれないよ。

だって、もう引っ越しちゃったんだから。

言いかけた言葉を呑《の》み込んだ。それは親切なのか意地悪なのか、よくわからなくなってしまったから。

わたしたちは引っ越しと同時に、学校も変わった。いままでは二人とも幼稚園から大学までエスカレーターの、東京に住んでいる子ならみんなが「すごーい」とうらやましがる私立の学校に通っていた。今度の学校は公立――「教室にエアコンがないんだよ」と転校初日にびっくりしてお母さんに言うと、ちょっと怖い顔で「そういうのを新しい友だちに言っちゃだめよ」と釘を刺された。

だいじょうぶ。わたしはそこまでバカじゃないし、まだ同級生に「友だち」と呼べるような子はいない。新学期が始まって十日たっても、学校で誰かと話したことは数えるほどしかない。いちばん最初に話しかけてきたエンドウさんに「家に遊びに行っていい?」と言われて、それ嫌だ、絶対に嫌だ、と頭の中がカーッとして、思わず「だめ」と答えてしまった。そんなつもりはなかったのに、冷たい言い方になった。エンドウさんも「あ、そっ」とムッとして、ほかの子のもとに駆け戻っていった。それがいけなかったんだろう。その日から、なんとなく、みんなわたしを避《さ》けているような気もする。

一年生の頃は毎日暗くなるまで友だちと遊んでいた弟も、新しい学校に転校してからは寄り道なしにまっすぐ帰ってきて、遊びに出かけることもない。「だいじょうぶだよ、遊びに行っても。おねえちゃんがウチにいるんだから」と言ってあげても、弟は弟なりに留守番をがんばろうと思っているのか——それとも、ほんとうはわたしと同じように、弟も教室でひとりぼっちなのか、「ううん、いい、ウチにいる」と首を横に振る。

前の家ではわがままばかり言っていた弟が、いまはとてもいい子になった。聞き分けもよくなったし、お手伝いもする。一人でお風呂に入れるようになったし、朝も目覚まし時計の音だけでちゃんと起きる。お母さんは「ヒロくんがお兄ちゃんになってくれて助かるわ」と、ほっとしたように言う。お父さんは「男の子なんだもんなあ、こういうときこそしっかりするんだよ、オトコは」とうれしそうに笑う。

でも、わたしは昔の、わがままで、いたずら坊主《ぼうず》で、泣き虫で、甘えん坊な弟のほうが、好きだ。

弟はその日から、しょっちゅうタケシくんのことを口にするようになった。

「ぼくの部屋ってタケシくんの部屋だったのかなあ」「タケシくんもここに座ってゲームしてたんだと思う?」「ねえねえ、ぼくの部屋にポスター貼ったあとがあるんだけど、それってタケシくんが貼ったんだよね? どんなポスターだったんだろうね」「いま思ったんだけど、こうやってさ、窓から外見るじゃん、タケシくんも同じ景色見てたんだよね、そうだよね?」「蛍光灯《けいこうとう》の紐《ひも》、タケシくんもこうやって、ペチ、ペチ、パンチしてたんじゃないの?」……。

最初のうちはしょうがないなあと思って話の相手をしてあげたけど、だんだん、なんともいえない気分になってきた。悲しい。でも、ムカムカする。寂しい。でも、悔しい。かわいそう。でも、アタマにくる。

何日か我慢したあと、とうとうわたしは言った。

「ヒロくん、あんたさあ、たまには遊びに行けば？」

「え？」

「あんたがずーっとウチにいると騒がしいんだもん。おねえちゃんがいくら言っても家の中を走りまわるし、階段ドスドス歩いちゃうし、テレビの音うるさいし、文句言われたらどうするのよ」

「だいじょうぶだよお」

家主さんの手紙のことは弟には話していない。ナイショになんかできない子だから。お父さんやお母さんにしゃべったら、わたしは留守番もろくにできない子になってしまうから。

「遊びに行ってくればいいじゃん」

「うん……」

「まさか、あんた、友だちいないんじゃないの？」

「そんなことないよ」

「嘘つき、嘘つき、だったらなんで遊びに行かないのよ、大嘘つきっ」

言ったあと、バカ——と自分を叱った。でも、もう遅い。

弟は一瞬きょとんとして、それから顔をゆがめた。首を小さく何度も横に振りながら、口を動かした。言葉にならない。声にもならない。息が止まる。つっかえたんじゃなく、胸の奥のどこかの穴から漏《も》れてしまったみたいに。

ごめん。ヒロくん、ごめん。言葉も声も出てこないのは、わたしも同じ。息が止まる。いまの嘘だから、ごめん、許して、ヒロくん、許さなくてもいいから、怒って、そのほうがいい、ひさしぶりにきょうだいゲンカ、しよう。

でも、わたしは「サイテー」と吐き捨てるように言って、ぷいっと横を向いた。

弟が泣きだした。折り曲げた肘《ひじ》の中に顔を埋《うず》めるような格好で、声を押し殺して泣いていた。小さな肩が震える。嗚咽《おえつ》を抑《おさ》えているから、ぐううう、ぐううう、とうめき声が漏れる。

わたしのせいだ。わたしが弟を、こんなふうに泣かせてしまった。弟はいい子になったから、わたしの言いつけどおり、がんばって、がんばって、泣きわめきたいのをこらえている。

「……夕刊、取ってくる」

逃げだした。ひきょう者だと自分でも思う。でも、どうしようもない。

玄関を出たら、ちょうどお隣の奥さんが買い物から帰ってきたところだった。

大きなおなかをした奥さんは、ゆっさゆっさと体を左右に振るように歩きながら、「こんにちは」と笑った。顔を合わせるのは引っ越しの挨拶《あいさつ》のとき以来で、そのときはお母さんがぜんぶしゃべったので、話をする機会はなかった。

笑い返さなければいけない。挨拶を返さなければいけない。

でも、ぜんぶこのひとのせいなんだ、と思った。このひとが家主さんに苦情を言ったから、あんな手紙が来た。ずうっとさかのぼっていったら、いま弟が泣いているのだって、このひとのせいだ。

知らん顔して郵便受けから夕刊を取り出して、そのまま家に戻ろうとした。

そのとき、ふと、思いついた。

弟に謝りたい。泣きやんでほしい。笑って、元気になってほしい。弟が喜びそうなこと、してあげたい。

わたしはお隣の玄関を振り向いて、ドアの鍵《かぎ》を開けていた奥さんに声をかけた。

「すみません、教えてほしいことがあるんですけど」

奥さんはちょっと驚いた顔でわたしを見て、「なあに?」と訊いた。ふんわりとした声だった。優しそうな顔だった。家主さんにインケンに言いつけるようなひとには見えない。もしかしたら、それ、ダンナさんのほうだったんだろうか。

「ウチが引っ越してくる前にここに住んでたひとのこと、覚えてますか?」

「うん……ナカムラさんでしょ? 覚えてるわよ」

「男の子、いるんですよね」

「そうそう、タケシくんっていったかな、小学生の子でしょ」

「いま、どこに住んでるかわかりますか？」

会いに行きたかった。弟を連れて行って、タケシくんに会わせてあげたかった。

でも、奥さんは「北海道よ」と軽く、笑顔のまま、言った。

遠い。すごく。あまりにも。

「住所わかるわよ、教えてあげようか？」

あ、いいです、もういいです、と断る間もなく、奥さんは「ちょっと待っててね」と家の中に入ってしまった。

わたしは、また逃げた。

玄関の鍵をかけて、ドアチェーンもつけて、インターホンが鳴っても出なかった。

弟はしゃくりあげながら「おねえちゃん、お客さんだよ」と言う。「出なくていいの？」

「あんたが泣いてるから出られないんだってば、いいからほっといて、黙ってて」

「ぼく、もう泣いてない、だいじょうぶだいじょうぶ、出ようか？　ぼく、出ようか？」

「よけいなことしないで！」

わたしは、いつからこんなに嫌な子になってしまったんだろう。

お母さんがいれば、わたしのことをすぐに叱ってくれる。「もう、お母さんだけじゃすまないからね」とお父さんに言いつけてくれれば、お父さんは怒るとおっかないから、もっと叱ってもらえる。

でも、その日もお母さんの帰りは晩ごはんに間に合わなかった。「夕刊、取ってなかったわよ」と疲れた顔で笑って、台所の鍋やお皿を見て「あんまり食べなかったのね、ごはん」とくたびれた声で言って、「ヒロくんは二階？　宿題してるの？　ああそう、じゃあいいね、お風呂入っちゃうね」と台所から出ていった。

いつものことだ。お勤めに出るのは結婚以来初めてのお母さんは、毎日ぐったりして会社から帰ってくる。もう一度事業を立て直すために毎日いろんなひとに会っているお父さんの帰りは、もっと遅くて、もっと疲れ切っている。

昔のお母さんなら、「ただいまあ、下りておいで」と弟の顔を見ないとウチに帰った気がしないはずなのに。私がお母さんと目を合わせようとしないことにも、すぐに気づいたはずなのに。新しい家は前の家よりうんと狭いのに、お父さんもお母さんも、前よりうんと遠くなってしまった。

弟が二階から下りてきた。

「おねえちゃん、仲直りだよね？　もう仲直りでいいんだよね？　お母さんに言わないよね？」

晩ごはんのときにもしつこく言っていたことを、また念を押して繰り返す。優しい子だ。わたしは弟のことが大好きだ。弟をいじめる子がいたら、ひっぱたいてやりたい――たとえ、それがわたし自身でも。

お母さんが置いた夕刊をテーブルからどけると、紙が一枚、ぱらりと床に落ちた。お隣の奥さんが郵便受けに入れておいてくれた、タケシくんの新しい家の住所だった。

わたしはそれを、ごめんなさいごめんなさいと謝りながら、小さく、小さく、ちぎって捨てた。

翌日、転校してから初めて、学校帰りに寄り道をした。この町のことは、まだほとんど知らない。右に曲がるとどこに行くのか、この道路がどこにつづいているのか、なにもわからない。それがよかった。道がわからない不安よりも、いまは弟もお父さんもお母さんもいないんだなあ、という気楽さのほうが強い。このままどこか遠くに行っちゃいたいな、と思った。もちろん一人で。のんびり。わたしはもともと、ほんとうにおっとりした性格で、放っておいたらいつまでも外をぼーっと眺《なが》めているような子だったんだから。

こいのぼりを見つけた。桜もちの美味《おい》しそうな和菓子屋さんも見つけた。歩道の脇《わき》に咲いていたタンポポの綿毛を飛ばした。パンジーのとてもきれいな庭があった。ブロック塀の上で猫があくびをしていた。楽しい。うれしい。うきうきして、わくわくして、右、左、まっすぐ、右、左、まっすぐ、と思いつくまま交差点を曲がった。

気がつくと、もう陽が暮れかかっていた。街灯《がいとう》がともって、風が冷たくなって、夕刊を配達する原付バイクに追い越されて――それでやっと、弟が一人で留守番していることを思いだした。

帰らなきゃ、と立ち止まって振り向くと、目の前には知らない町の風景が広がっていた。

わからない。いまどこにいるのか、学校がどっちの方角で、わが家はここからどれくらい遠いのか、なにもわからない。来た道を引き返して、ここだっけ、違ったっけ、と迷いながら交差点を右に曲がった。でも、右でよかったっけ、逆じゃなかったっけ、と不安になる。左だ、左、左に曲がらなきゃ戻れない。駆けだして、でもすぐに立ち止まって、違うよやっぱり右でいいんだよと思い直して、でもまたすぐに、うそだよ左だってば、という気になってしまう。陽は見る間に沈んでいって、空はどんどん暗くなる。どうしよう。交番。おまわりさん。でも、交番がどこにあるのかもわからない。誰かに道を訊かなきゃ。でも、人影が見あたらない。どこかの家のチャイムを鳴らして道を教えてもらう？　そんなの恥ずかしいし、どの家を見ても、中から怖いひとが出てきそうな気がする。

どうしよう、どうしよう、どうしよう、とあせってきょろきょろしていたら、自転車のベルが後ろから聞こえた。

「なにしてんの？」

同じクラスの——誰だっけ、名前はわからない。でも、エンドウさんと仲良しの子だ。

「この近所なの？　ウチ」

わたしは首を横に振った。友だちというわけじゃない。でも、知ってる子だ。それだけで、もう、涙が出そうなくらいうれしい。

「道、わかんなくなったの、ごめん、学校までどう行けばいいか教えて」

「はあ？」

「迷子になっちゃった、わたし。早くウチに帰らなきゃ、弟が一人で留守番してるから、お願い、教えて、道、教えて……」

考える間もなく言葉が出た。自分でも気づかないうちに、両手で拝《おが》むポーズもとっていた。

自転車の子は「えーっ、大変じゃん」とびっくりしてくれて、「じゃあね、いちばん早い近道教えてあげる……っていうか、自転車の後ろ、乗んなよ。そのほうが早いから」と言ってくれた。

ほら、ほら、早く乗って。笑っていた。でも、二人乗りしたことセンセイにはナイショだからね。もっとにっこり笑った。

二人だけで話をしたのは初めてなのに、なつかしい。お気に入りのトレーナーに着替えるときの、顔と手が襟《えり》ぐりや袖口《そでぐち》からスポンと出た瞬間のような、ああこれ、これだよやっぱり、という気分だった。

ずっと、そうだったのかもしれない。ほんとうはみんな、ずっと笑ってくれていたのかもしれない。

自転車の荷台にまたがった。しっかりつかまっててよ、と言われたので、荷台の前のほうをグッとつかみ、ナイショ話をするようにその子の背中に顔を寄せた。

「ねえ、ごめん、名前教えて」

「えーっ、知らないの？　最初に自己紹介したじゃん」

「……もう忘れない、絶対に忘れないから」

「カワシマ。カワシマ、リナ。よろしくーっ」

カワシマさんがペダルを踏み込むと、すうっと風景が流れはじめた。

玄関の前には、男の子の自転車が三台停まっていた。

誰か来てる――？

怪訝に思う間もなく、弟の大きな声が外に漏れた。ばたばたと走りまわる足音も。別の子が、ヒロくん、ヒロくん、と弟を呼ぶ声も。弟が笑った。バーカ、なにやってんだよお、とおかしそうに笑って、どすーん、と階段の途中から飛び降りる音まで。あわてて家の中に駆け込むと、リビングから飛び出してきた弟とはちあわせした。

あ、ヤバッ、と弟は首を縮《ちぢ》めた。

でも、もう勢いは止まらない。「ごめん、友だち来てるから、おねえちゃん帰ってこないし、ヒマだし、一人のときじゃないと友だち呼べないし」と早口に言うと、またダッシュでリビングに戻ってしまった。どたどたと暴《あば》れる音と笑い声が、家の中にいるとひときわ大きく——うるさく響く。

玄関にたたずんだまま呆然としていると、また、どすーん、と音が響いた。床が揺れた。壁が震えた。

わたしはランドセルを玄関に置いて外に出る。

お隣さんのインターホンを鳴らした。出ないで、出ないで、と祈っていたけど、すぐに「はあい」と奥さんの声がスピーカーから聞こえた。

インターホンにカメラはついていないはずだけど、わたしは自分の名前を告げると深々と頭を下げた。

ドアが開く。「どうしたの?」と奥さんは怪訝そうな顔を出した。

「ごめんなさい！」

もう一度頭を下げた。「騒がしくしてごめんなさい！」と、前につんのめって転びそうなほど深々とおじぎをした。

「ちょっと、やだ、なに、どうしたの？」

「今日だけ、許してください。弟が初めて友だちを連れてきてるんです。特別なんです。お願いします、明日から静かにします、約束します、だから、今日だけ、うるさくても許してください！」

おじぎをしたまま顔を上げずにいたら、少し間をおいて、奥さんのため息が聞こえた。うんざりした感じではなかった。まいっちゃうね、ほんとに、と苦笑するため息だった。

「じゃあね、許してあげてもいいから……そのかわり、おねえさんのお願いも聞いてくれない？」

「……え？」

「弟さんがウチの中で遊んでるんだったら、あなたもうるさくて宿題なんてできないでしょ。ちょっと上がりなさいよ。ねっ」

部屋の中でじっくり、ねちねちとイヤミを言われるんだと覚悟した。

でも、奥さんはわたしをリビングに通すと、カルピスを出してくれた。「貧血予防で食べてるんだけど、けっこう美味しいから、食べてみる?」と、プルーンのグミキャンディーもくれた。

二階から誰か下りてきた。ダンナさんだ。夜勤のある仕事だと言っていたから、いま起きてきたのかもしれない。どうしてくれるんだ、さっきからうるさくて眠れなかったぞ、と叱られるのを覚悟した。

ところが、ジャージ姿で髪がぼさぼさのダンナさんは、「お隣さんよ、おねえちゃんのほう」と奥さんが言うと、ああーっ、はいはいはい、どうもどうも、と笑いながら挨拶してくれた。こんなカッコでごめんごめん、ちょっと風呂に入るんで、ごゆっくり。

ワケがわからずにボーゼンとするわたしに、奥さんは自分のカルピスを一口飲んで、「さっき、わたしが出てくる前にも頭下げてたでしょ」と言った。

「見えてたんですか?」

「ウチのインターホンってカメラ付きなの」

「……ウチは付いてないけど」

「うん、そうなの。こんなこと言うと怒られちゃうかもしれないけど、いろんなところ、ウチとあなたのところは違ってるの。間取りも違うんじゃないかな」

「そうかも……」

「あのね、ここの家主さんって、わたしのお母さんなの」

「そうなんですか？」

「ここはもともとウチの実家があった場所で、両親は近所にまた家を建てたから、ここを賃貸にしてるわけ。で、おねえさん、さっきのおにいさんと結婚して、よそでアパートやマンションを借りて家賃を払うのももったいないから、ここをちょっとリフォームして住んでるわけ」

「おにいさん」と「おねえさん」なんだな。言われて、そうだそうだ、そうじゃん、と思いだした。こういうおとなのひとのこと、いままで「ダンナさん」や「奥さん」と呼んだことなんてなかった。「おにいさん」や「おじさん」、「おねえさん」や「おばさん」だった。どうしてそんな簡単なことを忘れて、まるでお母さんがつかうような呼び方をしていたんだろう。

おねえさんは、「それでね」とつづけた。

「このまえ、お母さんがウチに遊びに来たとき、ちょっとだけ弟さんが騒がしかったのかな。それをお母さん、そんなのいいっていうのに気にしちゃって……ほら、わたしのおなかが大きいから心配性になっちゃって、なんか、手紙を郵便受けに入れちゃったらしいんだけど……」

お母さんからそのことなにか聞いてる？　と尋《たず》ねられたので、わたしは首を横に振った。

「読んだの、わたしだけです」

「ほんと？」

「はい……ウチ、お父さんもお母さんも、いま大変だから、わたしとか弟のことで心配とか迷惑とかかけたくないから……」

「じゃあ、返事を書いたのも、あなた？」

黙ってうなずくと、おねえさんは「そうだったの」とつぶやいて、わたしをじっと見つめてうなずき返した。優しい笑顔だった。あたたかいまなざしだった。おねえさんは、インケンに家主さんに言いつけたりするようなひとじゃなかった。それだけで、なんだか、もう……よくわからないけど、なんだか、ほんとに、もう……。

「謝ろうと思ってたのよ、お母さんに。こっちこそごめんなさい、お互いさまなのに嫌な手紙を読ませちゃって、って。でも、お仕事してるんでしょ？　なかなか顔を見るときがなくて、どうしようって思ってたの」

そっかあ、あなたが読んで、返事書いてくれたのね。おねえさんの声は、ますます優しくなった。ごめんね、つらかったでしょ、返事書くの。

そんなことないです。首を横に振った。全然平気です。もっと振った。

おねえさんはウチとの境の壁を指差して「ほんとに気にしてないから」と言ってく

れた。いまもどすどすと音が響いているのに、「そういうのってお互いさまだし、前に住んでたタケシくんなんて、もーっと元気だったんだから」と笑ってくれた。

でも、と言おうとしたのに、声が出ない。息が詰まって、口がうまく動かない。

「そのかわり、こっちも赤ちゃんが生まれたら騒がしくなっちゃうから、大変よお、お隣さんも。覚悟しててね」

おねえさんはいたずらっぽい目でわたしを見て、「弟さんと二人で、赤ちゃんと仲良くしてね」と言った。

その声を聞いた瞬間、胸が熱いものでいっぱいになった。せき止められなかった。うつむいて泣きだした。途中からテーブルに突っ伏して、声をあげて泣いた。泣きながら、いろんなことを、ぶちまけるようにしゃべった。泣いた。ほんとうに、信じられないくらいたくさん涙が出た。いつまでたっても泣きやまなかった。

おねえさんはなにも言わなかった。お風呂からあがったおにいさんも、おねえさんと二言三言しゃべると、わかった、と言って、リビングには入ってこなかった。

ごめんなさい。

でも、泣かせてくれてありがとう。

泣いている途中に、壁の向こうから声が聞こえた。じゃあな、また明日、バーイ、宿題あったっけ、ねーよバーカ、明日はオレんちで遊ぼうぜ。ドアを開けて閉める音と自転車のスタンドをはね上げる音が聞こえて、それを最後に、わが家は静かになった。

やっと泣きやんだわたしに、おねえさんは「これ、あとで弟さんと二人で食べてよ」と、ちまきを二本くれた。「赤ちゃんができてから、甘いものばっかり食べてるの」と大きなおなかを両手でさすって笑った。

「ねえ、ちょっと赤ちゃんの音、聞いてみる?」

「いいんですか?」

「どうぞどうぞ」

おなかに耳をあてた。しばらくなにも聞こえなかったけど、不意に、どくん、と音がした。「いま、おなか蹴《け》ったの、わかる?」と訊くおねえさんの声も、おなかを伝わって響いた。

「ずーっと赤ちゃんがおなかの中で騒いでるから、お隣さんの物音なんて気にしてられないのよ。だから、ほんとうに平気だからね」

「はい……」

「このまえね、弟さんが一人でいるときに友だちが遊ぼうって誘いに来たの。でも、留守番してなきゃいけないからって断ってた、弟さん。じゃあおまえんちで遊ぼうって言われても、だめだよ、って。おねえちゃんがもうすぐ帰ってくるから、騒がしくしたらおねえちゃんが困って、かわいそうだから、って……聞こえちゃった」

かわいそう――？

なにナマイキなこと言ってんの、ヒロくん。

また顔がぐしゃぐしゃになってしまいそうだったから、「帰ります」と立ち上がった。おねえさんはわたしが泣いた理由を訊かなかったし、わたしが泣きながらしゃべったことについても、なにも言わなかった。

「また遊びにおいでよ、今度は弟さんと一緒に」

別れぎわに、一言だけ言われた。

家に入ると、弟はしょんぼりした顔で「ごめんね……」と謝った。

「べつにいいよ、もう」

そっけなくしか話せない。からっぽになっていたと思っていた涙は、まだまぶたの裏にたくさん残っていそうだったから。

「どこに行ってたの？」

「ナイショ」

台所に入ろうとしたら、廊下の柱になにかついていることに気づいた。

セロハンテープだった。

タケシくんがせいくらべの傷をつけたあたりに、ぴらぴらと、何枚も。

「どうしたの、これ」

「せいくらべしたの、みんなで」

「今日?」

「そう、でもさ、おねえちゃん、見て。テープだから傷なんてついてないよ。はがしたら、全然残んないもん。だからいいよね? 平気だよね?」

今日遊びに来たイトウくんという友だちが考えついたらしい。

「あいつ、頭いいんだよねー、ほんと、これだったらだいじょうぶだもんね」

テープには細字のサインペンで名前も書いてあった。イトウくんに、ヒノハラくんに、マサヤくん。弟は四人の中ではいちばん背が高かった。

柱をじっと見つめていると、弟は勘違いして、「これも……だめ?」とおそるおそる訊いてきた。

わたしは黙って弟の頭を、いい子いい子、となでてあげた。

「ちまき、食べよう」

「そんなのあるの?」

「もらったの」

ほら、とちまきの入った小さなレジ袋を見せると、弟は「やったあ」と笑った。

「台所で食べよう、おいで」

「はーい」

張り切った弟は、台所の手前でわたしを追い抜いた。弟の背丈は、まだわたしの胸ほどの背丈しかない。「ちっこいねえ、ヒロくん」と声をかけると、弟は振り向いて、きょとんとした顔で、笑った。

霧を往け

四月の終わりだというのに、町で一軒の食堂では石油ストーブが赤々と灯《とも》っていた。お客さんは東京から来たのか――。

食堂のおかみは、訛《なま》りのきつい言葉で、そんな意味のことを訊《き》いてきた。私は熱い蕎麦《そば》で体を内側から温めながら、そうです、と答えた。

観光で来たのか、と訊かれた。

「ええ、まあ、そんなところです」

苦笑して答えると、おかみは、ここはなんにもないところだよ、と苦笑いを返して厨房《ちゅうぼう》に引っ込んだ。

よそものへの警戒心《けいかいしん》をもっとあらわにしてくるかと思っていたが、あんがいとあっさりしたものだった。

複雑に入り組んだ海岸線の、ほんのわずかな入り江に身を寄せ合うようにして家々が建ち並んだ、小さな集落だ。住民は皆、身内同然に付き合っているのだろう。だからこそ、「恥」には敏感になる。漁村と農村という違いはあっても、私のふるさともそうだった。いったん馴染《なじ》んでしまえば居心地がよくても、少しでもはみ出してしまう者に対しては容赦《ようしゃ》がない——その窮屈《きゅうくつ》さに嫌気《いやけ》が差してふるさとを出てから、すでに二十六年になる。

食堂を出ると、蕎麦の温もりはたちまちうせて、足元から背筋を這《は》いのぼる寒さに身震いした。霧がたちこめている。海からの霧だ。この地方の初夏は、ときどき、こういう天気になるらしい。沖合《おきあい》で暖流と寒流がぶつかる関係で、初夏に「やませ」という冷たい風が海から吹いてくる。この霧も「やませ」がもたらしたものだった。

店の前に停めたレンタカーにいったん乗り込んだが、やっぱり歩いたほうがいいかな、と思い直した。漁村の道は狭い。それになにより、車だと目立って、先方に迷惑をかけてしまう。

簡単な地図と番地を書いたメモを手に、歩きだした。初めて訪ねる家だ。訪ねる筋合いなどなにもない家でもあった。東京から北へ向かって最寄りの空港まで一時間半、そこからレンタカーで東に向かって三時間——ほんとうに不便な場所だ。こういう機会がなかったら、おそらく一生訪れずじまい、いや、そういう名前の村があるんだと知ることすらなかっただろう。

山が海のすぐそばまで迫っている。平らな土地は海沿《うみぞ》いの道路ぐらいものだ。家のほとんどは狭い谷間に集まって、少し離れた小高い丘の中腹《ちゅうふく》に、コンクリートで崖《がけ》や足元を固めた共同墓地があった。遠目に見ても古い墓石ばかりだ。その中に一つだけ、花がいくつも供《そな》えられ、新しい卒塔婆《そとば》が立った墓がある。

あれだな、と見当をつけた。

ジャケットのポケットに手を入れて、線香の束《たば》が入っていることも確かめた。家を訪ねて挨拶をすませたら、すぐに墓地へ向かうつもりだった。そもそもの目的は墓参りだ。お参りをする筋合いも、また、なにひとつない墓ではあるのだが。


私が河村健一《かわむらけんいち》の名前を知ったのは、新聞だったか、テレビのニュースだったか、いずれにしても二カ月ほど前のことだ。

都心のＪＲの駅で人身《じんしん》事故が起きた。

ホームで昼間からカップ酒を飲んでいた男がいた。酒が切れたので、男はふらつく足取りで売店に向かった。途中で、足を踏みはずして線路に転落した。そこに、電車がやってきたのだ。

それだけでもじゅうぶんに痛ましい事故だったが、さらに悲劇が重なった。ホームにいた青年が線路に飛び降りて、男を救おうとしたのだ。間に合わなかった。男と青年は一緒に電車に轢《ひ》かれ、ともに亡くなった。

青年の勇気ある行動は、多くのひとびとの――日本中の涙と感動を呼び起こし、ホームには献花《けんか》が絶えなかった。青年の勇気と優しさを称《たた》え、事故防止の祈りも込めて、駅に銅像を建てよう、という声も出ていた。

私も胸を熱くした一人だ。自分がその場に居合わせていたら……とも思った。四十四歳という年齢を抜きにしても、やはり、飛び込めなかっただろう。臆病《おくびょう》な自分を知っているからこそ、よけいに青年への敬意は増した。

だが、その一方で――もう一人の犠牲者にまつわる報道はほとんどなかった。

住所不定の無職、河村健一さん、四十四歳。

新聞でもニュースでも、それ以上のことは報じられなかった。

詳《くわ》しい情報といえば、線路に落ちたときの河村さんが泥酔《でいすい》状態だったことと、一時間以上前からホームに座り込んで酒を飲みつづけ、利用客に悪態《あくたい》をついていた、ということぐらいのものだった。

かねがね辛辣《しんらつ》な物言いで知られていたニュースキャスターは、こう言い放った。

「まあ、最初に落ちたほうは自業自得《じごうじとく》みたいなものなんですが……」

抗議の電話はほとんどかかってこなかったという。

なぜだろう。自分でもよくわからない。飛行機の中でもレンタカーの中でも、何度も自問した。どうして、河村さんの墓参りをしたいなんて思ったんだ——？　答えは出てこない。

「物好きですねえ」と仕事先の週刊誌の記者にも言われた。「なにかアンテナにかかるものでもあったんですか？」

「いや、そういうわけじゃないんだけど……」

私の職業はフリーライターだ。事件や事故の取材はうんざりするほど数多くこなしてきた。だが、河村さんのふるさとを訪ねるのは、仕事とはなんの関係もない。まったくの個人的な興味……それを「興味」と呼んでいいのかどうかすら、わからない。

旧知の新聞記者を通じて実家や出身校の連絡先を教えてもらった。母校への電話取材でごく簡単な経歴はわかった。私と同い年の河村さんは、私と同じように高校を卒業して上京した。ともに生まれ故郷を出た私たちは、同じ年月を東京で過ごしてきたのだ。接点といえば、それだけだった。

だが——。

いや、だから——。

むしょうに悔しかったのだ。

河村さんが、美談の引き立て役となり、あるいは憎まれ役となって、四十四年間の人生をかえりみることすらされずに忘れ去られてしまうことが、悔しくて、悲しかった。

河村さんの寂しすぎる生涯の閉じ方は、フリーライターとしてトウがたっていながら将来の展望がまるで見えていない私自身の、もう一つの影だったのかもしれない。

軽自動車同士がすれ違うのも難しそうな、狭い上り坂を歩いていった。海から流れてくる白い霧が、集落ぜんたいを包み込んで、瓦屋根《かわらやね》の輪郭《りんかく》や色合いをぼやけさせていた。

こいのぼりが見えた。

どこの家だろう、霧の中を真鯉《まごい》や緋鯉《ひごい》、吹き流しが泳いでいた。息子なのか、孫なのか、男の子がいるのだ。「跡取《あとと》り息子」が生まれた親の喜びをそのままあらわしたような、大きなこいのぼりだった。

私の実家にも、こいのぼりはある。初節句のお祝いに祖父が買ってくれた。私は一人息子だった。「跡取り」としての期待と責任を一身に背負って大きくなり、十八歳でふるさとを出て行ってしまった。河村さんも、「健一」という名前からすると長男なのだろう。ふるさとを捨てて東京に出て行った長男が、変わり果てた姿で帰郷する——それを迎える年老いた両親の気持ちを思うと、私まで胸が締めつけられてしまう。

なぜ、東京だったんだ。なぜ、東京でなければいけなかったんだ。

私には答えられない。若いうちはそれなりに理由を並べ立てられたが、いまはもう、その言葉もそらぞらしく響くだけだ。

河村さん、あなたはどうだった？

いや、四十代も半ばにさしかかってしまえば、もう上京の理由を問うひともいなくなるだろう。いま、なによりも胸に突き刺さる問いは、こういう言葉だ。

結局、東京に行って、ふるさとに残るよりも幸せになれたのか――。

東京で、町役場のホームページを調べた。そこには、住民の気質として「海に面しているため進取《しんしゅ》と開拓の精神に富み、また厳しい気候に鍛《きた》えられた忍耐力も持ち合わせています」と書いてあった。

河村さんはどうだったのだろう。進取と開拓の精神があったからこそ、ふるさとを出て上京したのだろうか。だが、忍耐力には、おそらく欠けていたはずだ。そうでなければ、平日の昼間に、駅のホームで一人きりの酒盛りなどしているわけがない。

河村さん、俺はいずれ、こんなふうに訊かれると思う。あなただって、生きていれば訊かれたはずだ。

どうするんだ、田舎に帰ってくるのか、それともこのまま東京に骨を埋《うず》めるのか――。

河村さん、あなたはもし生きていたら、なんて答えた？

俺は……わからないよ、まだ……。

門前払いを覚悟して、河村さんの実家を訪ねた。「生前の河村さんにお世話になった友人です」——小さな嘘をついた。

実家には、年老いた両親がいた。父親はいかにも武骨《ぶこつ》で無口なひとだったが、母親は、よく来てくださいました、ありがとうございます、ありがとうございます、と目に涙を浮かべて、私を招き入れてくれた。

肩身の狭い思いをしてきたのだろう。ふるさとや親族に「恥をかかせた」と責められることもあっただろうし、嫌がらせめいたことだって、もしかしたら、あったかもしれない。

見当をつけておいた墓の場所だけ確認して引きあげるつもりだったが、母親に勧められて、広い庭に面した座敷に通された。仏壇の前には小さな壇が設けられ、仏具やお供え物に囲まれて、河村さんの遺影《いえい》が飾ってあった。

焼香《しょうこう》するときに覗き込んでみると、四十四歳の享年《きょうねん》よりずっと若い頃——まだ二十代半ばの写真だった。そこから先の日々は写真を撮るような生活ではなかったのかもしれない。

母親がお茶をいれに台所に引っ込んでしまうと、座敷には父親と私だけが残された。

ジャージの上にダウンベストを羽織《はお》った父親は、黙って煙草《たばこ》を吸っていた。私も、嘘に嘘を重ねたくはないので、よけいなことはなにも言わず、庭に目をやった。広い庭の片隅には、こいのぼりの竿《さお》を立てる台が置いてあったが、こいのぼりも竿もない。

それはそうだよな、と私は小さくうなずいた。私の実家もそうだ。年老いた両親には、こいのぼりの竿を立てるような力仕事はもうできない。それになにより、一人息子が東京に出て行ったきりなのに、残された両親は毎年律儀《りちぎ》にこいのぼりをあげつづける、というような悲しくて、寂しくて、滑稽《こっけい》でさえある光景は、私だって想像したくない。

母親がお茶とお菓子を持って座敷に戻ると、私は居住まいをただし、あらためてお悔《く》やみの言葉を口にした。母親は「ほんとうに皆さまにご迷惑をおかけして、すみません……」と頭を深々と下げる。「将来のある若いひとまで巻き添えにして……ほんとうに、ほんとうに……申し訳ありません……」

小柄な体をさらにすぼめるその姿が、ふるさとの、私自身の母親に重なった。

お茶を一口啜《すす》った父親は、火を点《つ》けたばかりの煙草を灰皿に押しつけながら、あいつはばかだ、情けない、最後の最後までひとさまに迷惑かけて、と方言で吐き捨てた。

そうだ、私の父親も、他人に迷惑をかけることをなにより嫌うひとだったのだ。

胸がいっぱいになった。

河村さん、すみません――心の中で詫《わ》びて、私は言う。

「一所懸命がんばっていました」

うつむいていた母親が、涙に濡《ぬ》れた顔を上げた。父親も怪訝そうに私を見る。

「河村さんが東京で一所懸命がんばってきたこと、僕は知っています。それだけ、ご両親にお伝えしたくて、お邪魔しました」

「……仕事でご一緒だったんですか」

母親が訊いた。

私は小さくうなずいて、「もう、ずいぶん昔ですけど」と言った。今度は不思議なほど嘘をついているという意識はなかった。

「あまりしゃべらなかったんですが、黙って、仕事をきちんとするひとでした」

思い浮かべたのは、何年か前にコンビニ強盗をして店員に捕まってしまった中年男のことだった。かつては一流企業と呼ばれていた証券会社に勤めていた男だ。周囲の誰に取材をしても、まじめなひとだった、という答えしか返ってこなかった。バブル景気がはじけて会社が経営破綻《けいえいはたん》し、職を失った彼の生活は坂道を転げ落ちるように荒《すさ》んでいき、そのあげく、深夜のコンビニで包丁を振り回した。

「寂しがり屋でした、意外と」

数年前、笑い話にしかならないできごとがあった。雑居ビルの屋上にのぼった中年男が、フェンスを乗り越えて、離婚した妻との復縁を求めて叫びつづけた。平日の昼下がりだった。男は薬物を使っていたわけでも酒に酔っていたわけでもなかった。男は三十分ほど騒いだすえに、駆けつけた警官に腕を取られ、フェンスからひきずり下ろされた。その光景を夕方のテレビニュースで眺《なが》めながら、私は数千万円のダイヤの指輪をエンゲージリングに贈られた女優の記事を書いていたのだった。

二十年以上もフリーライターの仕事をつづけていると、静かに、溶けない雪のように心に降り積もってくるものがある。

俺たちは、どこかですれ違っていたんじゃないか——？

誰と名付けることのできない「俺たち」だ。その中には、河村さん、あなただっている。

俺たちは同じ雑踏《ざっとう》を歩き、同じ電車に揺られて、同じテレビ番組を観て笑っていたのかもしれない。若い頃は同じ流行の服を着て、同じ音楽を聴いて、夢や幸せという言葉を、同じ響きで口にしていたのかもしれない。

強盗《ごうとう》未遂《みすい》の男と狂言《きょうげん》自殺《じさつ》の男に共通することが、一つだけあった。

二人はともに、ふるさとを出て東京で暮らしていた。

「俺たち」というのは、そういう意味だ。

話が途切れたあとも、河村さんの母親はじっと私を見つめていた。話のつづきを待っている。息子の姿を知りたがっている。

私はお茶を啜り、海のほうからかすかに聞こえる霧笛《むてき》にうながされるように口を開いた。

「河村さんは優しいひとでした」

母親は黙って小さくうなずいた。「でも、ちょっと弱いところもあったかもしれません」とつづけると、はい、はい、とゆっくりと二つうなずいた。

若い頃に出入りしていた週刊誌の編集部で横領《おうりよう》騒《さわ》ぎがあった。副編集長が架空《かくう》の記者の口座をつくって編集経費を着服し、それを風俗店の外国人女性に貢《みつ》いでいたのだ。ちょうどいまの私ぐらいの歳の、仕事のできるひとだった。政治家や官僚には容《よう》赦《しや》ない批判を加える一方で、別のページでは、小さな美談をしっかりと誌面をとって伝えるひとでもあった。客として外国人女性と知り合い、身の上話を聞かされてすっかり同情してしまい、気がつくとのっぴきならない関係になっていた。横領が見つかり、会社を辞めたあとのことは知らない。社内の調査チームに入っていた編集者は、その女性の身の上話は一から十まででたらめだったのだと、あとで私に教えてくれた。

私はいまでもときどき、九州訛《なま》りが抜けない副編集長の話し方を思いだすことがある。

「夢はたくさんあったと、思います」

先週、欠陥《けっかん》住宅の取材をした。手抜き工事の被害に遭《あ》った住人も私と同世代だった。身振り手振りを交じえて業者への憤《いきどお》りをぶちまける彼の後ろに、サイドボードに飾った写真が見え隠れしていた。奥さんと子どもが二人。引っ越してきたばかりの頃なのか、新築間もないわが家の玄関前で撮った家族写真だった。四人ともにこにこ笑っていたが、ひときわうれしそうで誇らしそうな笑顔だったのは、一家の大黒柱の彼だった。

「……どんな夢だったかは、わかりませんが」

私の言葉に、今度は父親がゆっくりとうなずいた。

「あの……」母親が身を乗り出して、訊いた。「田舎に帰りたいなんてことは……」

私はちらりと河村さんの遺影を見て、母親に目を戻して、「そのことは……僕は、聞いていません」と言った。

母親のまばたきが速くなった。うなずいたあと、顔を上げなかった。

だが、父親は腕組みをして、口をへの字に曲げ、大きくうなずいた。顎《あご》や頬の白い無精髭《ぶしょうひげ》が、降りはじめの雪のように見える。

ふるさとの両親の顔が浮かんだ。フリーライターなどという不安定な仕事をいつまでつづけるつもりだ、結婚はどうするんだ、と帰省するたびに小言を言いつのっていた母が、そのことを口にしなくなったのは、いつ頃からだっただろう。認めたのではなくあきらめたのかもしれない。あきらめてはいなくても、もう、結婚はともかく再就職は難しい歳になったのだと母にもわかっているのだろう。父は、いつも、なにも言わない。河村さんの父親のように、無口で、ぶっきらぼうで、生まれ育ったふるさとで子どもを育て、年老いて、やがてはふるさとの土にかえる。それが決して遠い「やがて」ではないことも、もちろん、私は知っている。

「野球をしたことがあるんです、一度だけ」

声が、ふわっと抜け落ちるように出た。

「職場で、草野球だったんですけど、河村さん、サードで、三番だったかな、四番だったかな……」

今朝、羽田空港に向かう電車の窓から、早朝野球をしているひとたちの姿を見かけたのだ。それだけだ。ああ、あそこで野球をしてるなと気づいてから電車がグラウンドのそばを通り過ぎるまで、ほんの数秒といったところだろう。

だが、いま、その光景が鮮やかによみがえる。朝の陽射しを浴びて、きらきらと光って浮かび上がる。河村さん、あなたはどうだろう。野球をするひとたちを見て、買い物帰りの親子連れを見て、背中よりも大きなランドセルを背負って横断歩道を渡る子どもたちを見て、バス停のベンチにちょこんと腰かけた老夫婦を見て、せつないほどのいとおしさに包まれ、涙しそうになったことが、河村さん、あなたにもなかっただろうか？

不意に、母親が声をあげて泣きだした。泣きながら、父親にすがりついた。

お父さん、よかったねえ、よかったねえ、ケンちゃん、野球したんだって、お父さんが教えてあげたんだもんねえ、よくキャッチボールしてあげてたもんねえ、よかったねえ、お父さん、よかったねえ……。

父親は眉間に皺《しわ》を寄せて、組んだ腕で胸を深く抱いた。口をかたく結び、目を閉じて天井を見上げる。

あたりまえだ。

父親は目を閉じたまま、天井に向かってうめくように言った。

健一は、プロ野球の選手になりたかったんだから……。

しわがれた声が震え、突き出した顎も震えて、閉じたまぶたから涙が一筋こぼれた。

目を真っ赤に泣き腫《は》らした母親は、あれも持って行け、これも持って帰れ、と野菜や果物やお菓子を、紙袋の底が抜けそうなほど持たせてくれた。ありがとうございました、ありがとうございました、と何度も私に頭を下げた。

玄関ではじっと黙り込んでいた父親が、そこまで送るから、と門の外まで出てくれた。

防風用なのか、背の高い生《い》け垣《がき》が母親の視線をさえぎっているのを確かめると、父親は軽く私の肩を叩《たた》いて「ありがとう」と言った。「ばあさんを喜ばせてやってくれて、ありがとう」

「いえ……」

「ありがとう、ほんとうに」

おだやかな微笑みを浮かべ、私を見つめる。

「健一はサードだったか」

「ええ……」

「ありがとう」

父親はもう一度言って、さらに微笑みを深くして、「あいつは左利きなんだ」と言った。

背中を冷たいものが走った。

左利きの選手は、ふつうはサードを守らない――。

だが、父親はあわてて弁解しかけた私をさえぎって、これで最後だというように、ゆっくりと「ほんとうに、ありがとう」と言ってくれた。

私は黙って、頭を下げる。

「あんたは、元気でがんばりなさい」

父親は静かに言った。「健一のぶんも」と付け加えて、家に戻っていった。

私はその背中が玄関の中に消えるまで見送って、ふう、と息をついて歩きだした。

白い霧の中に、こいのぼりが見える。身をくねらせ、尾びれをはためかせて泳ぐ。霧笛がまた聞こえた。こいのぼりは霧の濃いほうに――海に向かって、一心に泳ぎつづけていた。

お兄ちゃんの帰郷

お兄ちゃんが帰ってきた。

東京から逃げてきた。

三月の終わりに家を出てから二カ月足らずで、ずいぶん痩《や》せた。体だけじゃない。心も、外からは見えないけど、きっと痩せ細っているはずだ。

ふるさとに逃げ帰らなければならないような出来事があったわけじゃない。というより、そんな出来事に見舞われる機会すらなかった。

外に出て、ひとと交われば、嫌なこともあるかわりに、楽しいことだってある。お兄ちゃんの場合はそうじゃなかった。閉じていた。世間の甘さも厳しさも知ることなく、ただ一人きりで疲れきってしまった。アパートと大学の往復だけ——五月に入ってからは、その往復すらできなくなっていた。誰とも付き合わず、誰とも出会わず、誰にも自分という人間の存在を知ってもらえないまま、わたしの三つ上の兄貴は黙ってふるさとに帰ってきたのだ。

もうちょっとたくましい奴だと思ってたんだけどな——。

お父さんが言うと、お母さんに「あなたのそういう期待がプレッシャーになったのよ」と返された。お兄ちゃんが帰郷して三日目の夜——その日も、お兄ちゃんは朝から自分の部屋に閉じこもって、家の外には一歩も出なかった。晩ごはんもパス。お父さんがいるからだと思う。

「期待ってほどのものじゃないだろ、そんなの、あたりまえのことなんだから」

「あたりまえって決めつけるのがよくないのよ」

「五月病なんて、昔からよくあるんだ。でも、みんなそこを乗り切ってがんばってるんだぞ」

こっちに振らないでよ、だめだよ、ヤだよ、と祈っていたのに、お父さんはわたしを指差して「杏奈《あんな》を見てみろ」と言った。「同じように四月に入学しても、杏奈はちゃーんと高校に通ってるだろ」

「高校と大学は違うわよ」

「同じだ、そんなもの」

「杏奈はウチから通ってるけど、翼《つばさ》は一人暮らしなのよ、東京なのよ」

「だったら、よけい自由だろう。親の重石《おもし》がとれたんだから、いくらでも好き勝手できるんだ。していいんだよ、俺はそうしてほしいんだよ、翼に」

だったらわたしのピアスだって許してよ。心の中で言った。私は原付バイクで駅まで通いたかったのに、絶対にだめだ、事故ったらどうするんだ、とお父さんに猛反対されたのは、ほんの一週間前のことなのに。

でも、お父さんの気持ちもわからないわけじゃない。

お父さんは高卒で地元の市役所に就職した。お母さんと結婚するまで、二十六年間ずっと親と一緒だった。それが人生最大の後悔なのだという。学歴はともかく、若い頃に一人暮らしをしたかった、都会でいろいろなことをやってみたかった、と悔《く》やんでいるのだ。

自分の果たせなかった夢を、お兄ちゃんに託《たく》した。お兄ちゃんもその期待に応えて、一流と呼ばれる東京の私大に現役で合格した。最後まで地元の国立大学を勧めていたお母さんは、合格を喜びながらも少し寂しそうで心配そうだったけど、お父さんは百パーセント迷いなく大喜びした。わたしの高校合格なんて吹き飛んでしまうほど、とにかくうれしくてうれしくてうれしくてしょうがないという笑顔だった。

いいか翼、お父さんはおまえにはばたいてほしいから翼っていう名前を付けたんだ、花の大東京で、男一匹、ガーンと勝負してみろ――。

上京の日の朝、お父さんは大げさで古くさいことを言ってお兄ちゃんを送り出した。お兄ちゃんは一瞬だけ、でも確かに、途方《とほう》に暮れた表情を浮かべた。そんなこと言われたって……とつぶやく声も、聞こえたような気がした。

「甘えてるんだ、あいつは」

お父さんは苦々しげに吐き捨てて、「こっちが代わりに東京に行きたいぐらいだよ」と付け加えた。

お母さんはすぐに「あなた」とお父さんをにらみ、お父さんも、わかってるよ、と目をそらして小さくうなずいた。わたしがいなければ、この話、もっとつづいて、もっと雰囲気は重苦しくなってしまっただろう。

でも、お父さんのその気持ちも、わからないわけじゃない。

実家で二人暮らしをしているおじいちゃんとおばあちゃんのことだ。同じ市内で、わが家から車で十五分ほど――「スープは冷《さ》めちゃうけど、煮物には味が染み込む時間だから、ちょうどいいのよ」とお母さんはよく笑っていたけど、いまはもう、そんなことは言えなくなった。おばあちゃんの具合が悪い。春先の畑仕事で傷《いた》めた腰がなかなか治らず、無理をしているうちに膝《ひざ》まで悪くして、ゴールデンウィークに遊びに行ったときは階段の上り下りにも苦労していた。おじいちゃんも、若い頃からの持病だった糖尿《とうにょう》の数値が最近急に悪くなってしまい、このままだと腎臓にも影響が出て、透析《とうせき》を受けなければならなくなってしまうのだという。

二人とも七十代の半ばだ。いままではおばあちゃんが元気だったから特に気にしなかったけど、もう老後の日々なのだ。一気に介護《かいご》の日々になってしまうことだってありうる。

そんなわけで、お父さんはゴールデンウィーク明けから機嫌が悪い。そこにお兄ちゃんのことが加わって——。

「杏奈、悪いけど胃薬とお水持ってきてくれ」

「うん、ちょっと待ってて」

「あ、いいや、やっぱりお湯割りにするか。焼酎《しょうちゅう》の瓶、そこにあるだろ」

「まだ飲むの？」

「いいから早く持ってこい」

ずっと、この調子だった。


その日の真夜中、お兄ちゃんとダイニングでばったり出くわした。ずっとヘッドホンで音楽を聴いていたので、お兄ちゃんが部屋を出て階段を降りる足音に気づかなかった。そろそろ寝ようかな、寝る前にウーロン茶でもちょっと飲もうかな、とダイニングに降りたら、お兄ちゃんがごはんを食べていた。ドアを開けっ放しにした冷蔵庫の前にしゃがみ込んで、中にあるものを手あたりしだいにガツガツと……というエグいテレビドラマみたいな光景ではなく、ちゃんと食卓について、ごはんをお茶碗によそって、おかずをレンジで温め直して、お味噌汁には卵まで落として、要するにまっとうな夜食をまっとうに食べていたのだ。

でも、「腹、減っちゃって」と笑う顔には、ぐったりとした重い疲れがにじんでいる。家に帰ってきてから毎日、昼間はほとんど眠っているのに。

「お父さんのドリンクのんじゃえば？」

「うん？」

「栄養ドリンク。冷蔵庫にいっぱい入ってるでしょ。まとめ買いしてるから、一本ぐらいのんでもわかんないよ」

お兄ちゃんは笑って、いらないよ、と首を横に振った。しょぼくれた笑顔だ。もともとキリッとした顔立ちというわけではないけど、二カ月たらずの東京生活で、ますます貧相《ひんそう》になってしまった。

両親は寝入っているのだろう、寝室から出てくる気配はない。

わたしはペットボトルのウーロン茶をグラスに注いで、お兄ちゃんの斜向《はすむ》かいに座った。お味噌汁の卵をご飯に移していたお兄ちゃんは、なんだよ、と顔をしかめた。

でも、ぷるぷるした半熟の卵の移動には無事に成功——黄身が固まりきらないタイミングで火を止めるのが、お兄ちゃんはウチにいた頃からうまかった。

「いつまでいるの？」

ちょっと単刀直入すぎたかもしれない。でも、怒るかと思っていたお兄ちゃんは
「うん……」と力なく答えるだけで、卵をくずしてご飯に混ぜた。

「あんまり休むとまずいんじゃないの？　単位だっけ、それ、足りなくなるんじゃないの？」

もっとも、たとえ留年してもお父さんはそれほど怒らないような気がする。上京前に「現役で受かったんだから、一年ぐらい留年したっていいんだ。学校よりも自分の打ち込めるものがあるんだったら、そっちをガンガンやれ。青春は一度きりなんだから」と言っていたのは、たぶん本気だろう。なんというか、「東京での一人暮らしの青春」というやつに過剰なほどのロマンを抱いているひとなのだ、お父さんは。

でも、お兄ちゃんは卵かけご飯を頬張って、「俺、大学やめようかなって思ってる」とつぶやくように言った。「地元がいいよ、やっぱり」

「それって、お父さんには……」

「まだ言ってないけど、明日かあさって言う」

「でも、めちゃくちゃ怒ると思うよ、お父さん」

「うん……とりあえずお母さんに先に言っとこうと思ってるんだけど……」

かなり情けない発想だけど、そのほうがいい、とわたしも思う。

「大学やめてどうするの？」

「来年、国立受ける」

「こっちの？」

「そう。受験科目は増えるけど、まあ、なんとかなるだろ」

確かに、お兄ちゃんの受かった大学とこっちの国立大学のレベルを比べれば、特別な受験勉強はしなくても受かりそうだ。ただし、大学に受かったとしても——その先に、なにがある？

「昔と違って、地元の国立を出てても就職大変だって言ってたよ、ウチの高校の先生」

「好き嫌い言わなかったら、なにかあるよ」

「それでいいの？」

「うん、いい。もしアレだったら、いまからこっちで就職してもいいよ。市役所の中途採用とかがもしあるんだったら、受けようかな、って」

「だったら東京で就職すればいいじゃない。仕事だって向こうのほうがたくさんあるし」

「嫌なんだよ、もう、東京って」

お兄ちゃんは夜食を食べる手や口を止めない。しゃべる言葉はぜんぶ、口の中でご飯やおかずを嚙《か》みながらだった。

「お父さん、すっごい怒るし、悲しむと思うよ」

わかってるよ、とお兄ちゃんは言った。ズズッと音をたててお味噌汁を啜《すす》って、

「でも、向いてないんだよ」とつづける。「俺、向いてないんだと思った、東京とか一人暮らしとか」

わたしは、ふうん、とうなずいた。自然と口がとがってしまった。お兄ちゃんの帰郷に腹を立てているのはお父さんだけじゃない。わたしだってほんとうは、なに甘ったれたこと言ってんのよ、と怒っている。ちなみに、わたしの性格はお父さん似だとよく言われる。

「お兄ちゃん、ぜいたくなんじゃない？」

席を立った。捨て台詞《ぜりふ》のような格好になったけど、かまわずダイニングを出て行った。

お兄ちゃんは黙って夜食を食べつづけていた。

小学生の頃からしっかりしていて勉強がよくできたお兄ちゃんは、両親の自慢の息子だった。よそのひとに向かっていばったりすることはなくても、二人ともお兄ちゃんをとてもかわいがって、とても誇りに思っているのは、そばにいるとよくわかる。

わたしはずっと脇役だった。勉強がお兄ちゃんほどできなくても叱《しか》られたことはない。最初から、まあ、その程度でいいよいいよ、という扱いだった。だから褒《ほ》められたこともほとんどない。名前だって、お兄ちゃんにはお父さんの思いがこもっているのに、わたしは、ふるさとの特産が杏の実だから、杏奈——お父さんがその頃市役所の産業振興課にいたせいだろうか？

子どもの頃は、正直言って、お兄ちゃんとの差が面白くなかった。中学生の頃、お父さんがなにげなく「杏奈は女の子なんだから、べつにいいんだよ」と言ったときには、本気で怒って、自分史上最大のケンカになった。

でも、お兄ちゃんが上京したあとは、逆に、お兄ちゃんも大変だなあ、と思うようになった。

食卓やリビングに、もちろんお兄ちゃんはいない。いないのに、あいかわらず主役。特に、問題はお父さんだ。「翼、ちゃんとごはん食べてるかしら」とお母さんが言う。「電話ぐらいしてくれればいいのに」とも言う。そこまでは、まあ、よくある話だと思う。でも、お父さんは「東京で一人暮らしだぞ、親に電話なんかするわけないだろ」と笑うのだ。「こっちからも電話なんかしてやるなよ。せっかく親元から離れて自由にがんばってるんだから、親の声なんて聞きたくないに決まってるだろ」と釘も刺すのだ。そして、「いまごろあいつ、大学の友だちと酒でも飲んでるのかなあ。将来の夢とか、女の子の話とか、ニッポンの未来はどうなるんだとか、生意気なこと言って盛り上がってるんだろうなあ……」と遠くを見つめ、まぶしそうに目をまたたくのだ。

「いいお父さんじゃない。サイコー、うらやましい」——友だちは、みんなそう言う。

わたしが、そうかなあ、と首をひねると、口々にお父さんを褒めたたえる。

「だって、いまどきそんな親父っていないよ、ふつー」「放任主義ってことでしょ、お兄さんもラッキーじゃない」「子どもを信じてるんだよね」「かわいい子には旅をさせよって、こういうことでしょ?」「留年OKなんて、マジありえない、すごいよ杏奈パパ」……。

みんなの言いたいことはわかる。わたしだって、誰かのお父さんがそういうひとだったら、絶対にうらやましがるだろう。

でも、ずっとそばにいなければわからないことがある。わが家の脇役として、クールなポジションにいなければ見えないことがある。

両親は同じようにお兄ちゃんを自慢に思っていても、その中身は微妙に違う。

お母さんが「翼はほんとに優しい子だから」と言うと、お父さんは首を横に振って「いや、ああ見えて、アレでなかなか気の強いところがあるだろ、あいつは」と言う。

お母さんが「あの子は、ボクがボクが、っていうタイプじゃないでしょ。むしろ友だちを立てて自分は一歩下がるっていうか、そこがいいのよね」と言うと、お父さんはちょっと不服そうに「そういう子のほうが、やるときはビシッとやるんだ。翼だって、親の前だけだよ、おとなしいのは」と言う。

お父さんは強い男の子が好きなのだ。

お兄ちゃんのことも、強い男の子だと思って——というか、思い込んで、というか、そうであってほしいと願っている。

願望だ。願望だというのを認めたくないから、誤解して、お兄ちゃんを見ている。どんなに誤解していても、実際に目の前にお兄ちゃんがいれば「やっぱり翼はおとなしい性格なんだな」「優しいけどちょっと芯《しん》の弱いところがあるな」とわかるはずだけど、東京に行ってしまうと、もう、誤解や願望を超えて、妄想が全開になってしまう。

「男の子っていうのは、親と一緒のときには頼りなく見えても、一人になったら意外と根性を見せてがんばるんだ。世間の荒波にもまれて強くなるんだよ。夏休みに帰ってきたら、あいつ、びっくりするほどたくましくなってるぞ」

そんなお父さんの夢は、粉々に砕《くだ》け散ってしまった。

「いきなりカノジョを連れてくることだって、あるかもしれないしなあ」

それは、夢というより親バカかもしれない。

「借金の保証人とか、そういうのは困るけど……少々失敗したって人生の授業料だと思えばいいんだから、いいか、翼が夏に帰ってきても、くどくど東京のことを訊いたりするんじゃないぞ。親に話せない秘密の一つや二つあって当然なんだからな。酒でも飲んで、自分からぽつりと言えばいいんだ、親父、じつはさ……なんてな」

十八歳でお酒を飲むのは禁止だということを、根本的にわかっていない。

とにかく、すべては終わってしまった。

お父さんはお兄ちゃんに勝手に理想を押しつけて、勝手に裏切られて、勝手に落ち込んで、勝手に怒っているわけだ。

なんだかなあ、と思う。愚《おろ》かというか哀《あわ》れというか、これが他人の親の話なら「バカじゃないの？」の一言で終わるところだけど——。

わたしは知っている。お父さんは自分が都会に出なかったことを、おとなになってから悔やんでいるわけじゃない。もっと若い頃、高校生の頃からずっと、都会に憧れていたらしい。大学生になることにも憧れて、一人暮らしにはもっと憧れていた。でも、家庭の事情がそれを許さなかった。

お父さんにはかわいそうなことをした、とおばあちゃんは言っていた。何年か前のお正月に家族でお父さんの実家に泊まったときのことだ。

おじいちゃんが糖尿で無理が利《き》かないこともあって、実家の家計は楽ではなかったらしい。お父さんは長男だ。二つ下に弟の康夫さんがいる。いまは大阪で司法書士の事務所を開いている康夫さんは、子どもの頃から勉強が——お父さんよりずっと、よくできていた。

だから、お父さんは康夫さんに譲《ゆず》った。都会に出て行くことも、大学に行くことも。歳をとって涙もろくなったおばあちゃんは、思い出話のあとで、悪いことをしたなあ、すまんかったなあ、と涙ぐみながらお父さんに謝っていた。おじいちゃんも、うん、うん、と嚙みしめるようにうなずいていた。お父さんは照れてしまって、いいんだよ、そんなの、もう、なに言ってるんだよ、と怒った声で話を打ち切った。お父さんのそういうところが、わたしは好きだ。その年のお正月、大阪の叔父さんからは、実家に年賀状が届いたきりだった。

お父さんの夢や期待を背負わされたお兄ちゃんは、かわいそうだと思う。

でも、お父さんもやっぱりかわいそうなんだと、思う。

どっちの味方につけばいいのか、わたしにはわからない。

お兄ちゃんは帰郷して一週間目に初めて外出した。それも、いきなり夜遊び——中学時代の友だちと連絡を取り合って、ドライブに出かけた。

仕事から帰ってきてそれを知ったお父さんは、「遊びに行ける元気が出てきただけでもいいじゃないか、うん、一歩前進だ」と、ひきつった顔で笑った。「それに、田舎で遊んだら、東京のほうが楽しいっていうのがわかるだろ。いまはサトゴコロがついて帰ってきただけなんだから、そろそろトカイゴコロがつく頃だよ」

苦しい。キツいよ、お父さん、もうやめようよ、と言ってあげたい。

人間には誰だって向き不向きがある。性格や根性もひとそれぞれで、見当違いの期待は、するほうもされるほうも苦しめてしまうだけだ。

お兄ちゃんは生まれ育った田舎町で幼なじみの友だちとのんびりやっていきたいひとで、お父さんが期待しているような東京で男一匹ガーンと勝負するタイプではない。東京の大学を選んだのも、狭くて窮屈《きゅうくつ》なふるさとを出て広い世界にはばたきたかったからではなく、たまたま――それもどうかと思うけど、偏差値とか難易度のレベルが合っていたからというだけのことで、だから、スタートダッシュにつまずいてしまうと、あっさりくじけてしまった。

「やっぱり、お兄ちゃんって、昔からよく知ってる友だちとわいわいやってるほうが楽しいんだよね」

わかるでしょ、とお父さんを見た。

でも、お父さんは「若いうちは新しい友だちとどんどん出会わなきゃ、もったいないだろ」と言う。「田舎だと友だち関係だってなんにも新鮮味がないじゃないか。東京なら、それこそ北海道から沖縄まで、外国の友だちだって、いろんな奴がいるんだから。今日はどんな奴と知り合うだろう、明日はどうだろうって、楽しいと思わないか？　わくわくするだろ？」

「……それはそうだけど」

「最初は誰だって新しい生活はキツいよ。寂しいことだってある。でも、それを乗り越えたら、あとはもう、いくらでも自由にやっていけるんだから」

お父さんは「自由」という言葉を強めて言った。少しうらやましそうにも聞こえた。

「ちょっとしたきっかけなんだよ。バイトでもなんでもいいんだ、ちょっとしたきっかけさえあれば、友だちもできて、東京が楽しくなって、また元気になるんだ。だいいち、翼が東京を嫌いになったのだって、ほんとに、つまんないっていうか、ささいなことっていうか……」

お父さんはあきれ顔で噴《ふ》き出して、首をひねった。

確かにつまらないことだ。ささいなことだし、情けないことでもあるだろう。

入学早々、お兄ちゃんは風邪をひいてしまった。そのときに家族も知り合いもいないコドクを思い知らされたのだという。風邪が治って新学期の科目登録をするときも、まだ頭がぼうっとしていたせいで、クラス単位で時間割が決まっている外国語や必修科目の登録を間違えて、別のクラスの時間割で登録してしまった。つまり、同じ専修の同級生とはすれ違いで、教室に入っても誰も顔見知りはいないという状況になってしまったわけだ。ミスに気づいて、ヤバい、と思った瞬間、熱がカーッと上がったのがわかったらしい。また何日か寝込んでしまい、なんとか立ち直って大学に行くと、もうサークルの新入生勧誘の時期は終わっていた。

大学のキャンパスでもコドク、アパートに帰ってもコドク――別のクラスの子でも友だちになればいいじゃない、サークルだってあとから入ったっていいんでしょ、とわたしはお兄ちゃんに言った。大学以外でも友だちを見つけるチャンスはたくさんあるわよ、とお母さんも言った。でも、お兄ちゃんは、そんなのどうやって見つければいいんだよ、と途方に暮れた顔になる。俺だって考えたよ、このままじゃいけないから世界広げようって、と半べその顔になる。実際、アルバイトを見つけた。面接に向かった。ところが地下鉄の乗り換えにしくじって、面接の時間になってもまだ駅の構内をうろうろしていた。そのときに思ったんだよ俺、もうだめだって、東京ってだめだ、って……。お兄ちゃんは最後は涙ぐんでいた。

「田舎だって、楽しいことたくさんあると思うよ」

わたしは言った。お兄ちゃんというより、田舎の女子高生のわたし自身のために。

お父さんは「たかが知れてるよ」と苦笑した。「田舎はしょせん田舎だ」

「そんなのって……」

電話が鳴った。

応対したお母さんは短い挨拶を交わしたあと、お父さんを呼んだ。

「あなた、大阪から」

お父さんは焼酎のお湯割りを一口グッと飲んで立ち上がった。「ちょっと長くなると思うから、めし、もう片づけていいぞ」とお母さんに言って、コードレスの受話器を持って別の部屋に入ってしまった。

わたしは食器を台所に運びながら、小声でお母さんに訊いた。

「康夫叔父さん？」

「そう……昼間、お父さんのほうから電話したんだって。昼間は留守してたから、って」

「おじいちゃんとおばあちゃんのこと？」

「たぶんね」

お母さんの声は沈んでいた。親父の喜寿《きじゅ》のお祝いどうしようかなんていう話じゃないんだろうな、という見当はわたしにもつく。

「叔父さんに帰ってこいって言ってるの？」

お母さんは「そんなの無理な話に決まってるじゃない」と寂しそうに笑う。

「じゃあ、おじいちゃんとおばあちゃんを引き取れ、とか？」

今度は黙って首を横に振る。

「だよね……無理だよね……」

結局、お父さんが背負うしかない。長男だから。田舎に残っているから。

「あのさあ、お母さん。お父さんが東京にこだわってるのって、ほんとは青春とか夢とかじゃなくて――」

言いかけたとき、お父さんの声が寝室のほうから聞こえた。

勝手なこと言うな、と怒っていた。低い声の相槌が何度かつづいて、わかるよ、と言った。わかるよ、ヤスの言ってることもわかるけどな、でも、こっちだって……。声が途切れ、不意に「もういい、わかった！」と怒鳴り声が響いた。

わたしはお母さんに目配せされて、二階にそっとひきあげた。


次の日、やっとお兄ちゃんは覚悟を決めた。大学をやめて地元の国立を受け直したい、とお父さんに伝える――覚悟というか、先に打ち明けたお母さんに「そんな大事なこと、自分で言わなきゃだめに決まってるじゃない」と突き放されたので、しかたなく、晩ごはんの時間に自分の部屋から出てきたのだ。

でも、そういう日にかぎって、お父さんの帰りは遅い。夕方五時過ぎに市役所を出るときに「実家に寄って親父とおふくろの様子を見てくるから」とメールが入った。

お母さんはすぐに「翼が相談したいことがあるそうです」と打ち返したけど、お父さんからの返事は、七時を回ったいまもまだ、ない。

「ごはん、先に食べちゃおうか……」

お母さんはため息交じりに言って、ゆうべわたしが二階に上がってからお父さんに聞いた話を教えてくれた。

おばあちゃんの具合はかなり悪いらしい。腰と膝から、今度は血圧が高くなった。おなかも張っている。近所のお医者さんからは、近いうちに大学病院で精密検査をするようにと言われた。たとえ命にかかわる重い病気ではなかったとしても、もういままでのようにおじいちゃんの面倒を見ながら畑仕事も、というわけにはいかないだろう。

「体のどこか一つが悪くなると、そこからバタバタっていう感じになっちゃうのよ、あれくらいの歳になると」

お母さんはそう言って、「おばあちゃんの具合が悪くなると、今度はおじいちゃんの具合も悪くなっちゃうし」と付け加えた。

ドミノ倒しのようなものだ。そして、祖父母の具合が悪くなれば、わが家だって知らん顔するわけにはいかない。

「おばあちゃんが入院ってことになったら、おじいちゃんどうするの？」

「その間はウチに来てもらうしかないわよねえ。糖尿だから、食事のこともあるし。おばあちゃんが退院してからも、様子によっては、二人ともウチに来てもらうか、ウチがあっちに引っ越して一緒に住むしかないかもね……」

「でも、向こうからだと、学校まですごく遠くなっちゃうよ」

「しょうがないでしょ、通えないわけじゃないんだし」

「ウチに来るって言ったって、部屋、どうするの？」

「おばあちゃんの膝がアレだから、リビングの奥の和室を使ってもらうしかないわよね」

「タンスあるよ」

「だから、それはとりあえず二階に……」

お母さんは言いかけた言葉を止めて、「まあ、そのときになったら、そこで考えるしかないけどね」と寂しそうに笑った。

わたしはちらりとお兄ちゃんを見る。お兄ちゃんは黙ってごはんを食べている。でも、いまのお母さんの言葉と、お母さんがつづけて言いたかったことは、ちゃんと伝わっているはずだ。

わが家の二階には、部屋は二つしかない。一つはわたしの部屋で、もう一つは――ほんとうなら四月から空いているはずの、お兄ちゃんの部屋。

「廊下の突き当たりに置けるんじゃない？」

わたしは言った。「あそこならタンス置いても平気だよ」とつづけた。ほんとほんと、あそこだったらお兄ちゃんにもわたしにも迷惑かかんないから置いてもOKだよ。小声になった。早口にもなった。

でも、お母さんは気のない相槌を打つだけで、お兄ちゃんはあいかわらず、なにも聞こえなかったような顔でごはんを食べつづける。

沈黙のなか、だんだん、むしょうに腹が立ってきた。

「お兄ちゃん」

「うん？」

「甘えるの、やめてくれない？」

「……なんだよ、それ」

「みんな大変なんだよ、お父さんだってお母さんだって、いろんなこと背負ってがんばってるんだよ。お兄ちゃんだけじゃないんだよ、キツいのって」

お兄ちゃんはすねたようにそっぽを向いて、「おまえに言われる筋合いないよ」と吐き捨てた。「なにもわかってないくせに」

「なに開き直ってんのよ」

「おまえが勝手につっかかってるだけだろ」

　まああまあ、いいじゃない、もう、とお母さんが割って入らなければ、ひさびさの――場合によってはパンチありのケンカになっていたかもしれない。

　わたしたちを落ち着かせたお母さんは、「あのね、ゆうべふと思いだしたことがあるんだけどね……」と急にワケのわからないことを言いだした。

「翼、今年はなんで母の日にプレゼントくれなかったの？」

「はあ？」

「だって毎年カーネーションくれたじゃない。お母さん、今年は宅配便で届くのかなあ、それとも電話かなあって、楽しみにしてたのよ」

「だって……今年はそれどころじゃなかったし……」

　わたしはちゃーんとカーネーション買ったよと言うと、お兄ちゃんに机の下で足を蹴られそうになった。

　ほらほら、いいのいいの、ケンカしない、とお母さんは小さな子どもをなだめるように止めて、「今年のことは、まあ、どうでもいいの」と話を元に戻した。

「翼と杏奈って、子どもの頃は母の日に二人で一緒にプレゼントくれたでしょ、覚えてる？」

　わたしもお兄ちゃんも黙って、怪訝なまま、うなずいた。

「『お休み券』をくれたのって、いつだったたっけ？」

一瞬きょとんとしたけど、すぐに、ああ、あったあった、と思いだした。お兄ちゃんも少し記憶をたどってから「俺、まだ小学生だったよ」と言った。「二年か三年だった」

「じゃあ、わたし、幼稚園だったかも」

「そうそう、杏奈はまだ字を書けなかったから絵を描かせたんだよ、俺、覚えてる」

いつも家事に追われているお母さんに、たまには休んでほしいと思ってプレゼントしたのだ。バスの回数券みたいに十枚綴《つづ》りにして、券を一枚出せば五分間だったか十分間だったか、わたしとお兄ちゃんがお母さんのかわりに家事をする、という取り決めだった。

　お母さんはそのプレゼントを大喜びして受け取った。でも、結局一枚も使わなかったな、と思いだした。『お休み券』をつくろうと言いだしたのはお兄ちゃんだったということも、いま思いだした。やっぱり根っこは優しいひとなのだ。お母さん似かもしれない。お父さんが喜ぶかどうかは、ともかくとして。

「有効期限がついてたの覚えてる？　あんたたち」

「え？」「そうだったっけ？」

「いつまでだったと思う？」

「さあ……」「わかんない……」

「お母さんが死ぬまで、だって」

くすぐったそうに言ったお母さんは、「だから、まだ使えるのよね」とつづけた。

「うん……」「そりゃあ、まあ……」

「それで、あの券、お母さんが誰かにプレゼントしてもいいのよね?」

「よくわかんないけど」「いいんじゃないの?」

わたしと顔を見合わせてうなずくお兄ちゃんに、お母さんは「はい」と右手を差し出した。指がなにかを挟《はさ》む形になっていた。

「実物はどっかに行っちゃったけど、はい、これ、あんた使っていいわよ」

マボロシの『お休み券』を持っている——のだろう。

「たまには休んでいいのよ」

お兄ちゃんは黙ってお母さんから目をそらした。すねたわけじゃない。逃げているのとも違う。それがわかるから、わたしはなにも言わない。

お母さんはマボロシの『お休み券』をテーブルに置いて、「お父さんにも一枚あげようかな」と笑った。「いま、ほんとに大変だし、これからもずうっと大変なんだから……」

と言ったそばから、玄関のチャイムが鳴った。お父さんが帰ってきた。お母さんは、はいはいはーい、と玄関に出迎えに行く。

わたしはお兄ちゃんに「ほら、『お休み券』持って行かなきゃ、なくなっちゃうよ」と言って、テーブルを指差した。けっこううまいことを言ったつもりだったけど、お兄ちゃんはこわばった顔で、わたしが指差したのとは違うテーブルの一点をじっと見つめていた。

お父さんが「ただいま」とダイニングに入ってきた。見るからに疲れている。『お休み券』、ほんとうに必要だと、思う。

お兄ちゃんは立ち上がった。背広だけ脱いでくるから、とリビングに向かいかけたお父さんを「ちょっといい？」と呼び止めた。

「どうした？」

「あのさ……俺、もう、東京やめるから。大学やめて、帰ってきて、こっちの大学受け直す」

こんなところで——言うか？

お父さんが黙って振り向くと、間《ま》が空くのを怖がるように、お兄ちゃんは一息につづけた。

「なんでかっていうと、まあ、俺のほうの気持ちってのもあるんだけど、おばあちゃんの具合が悪いわけでしょ、おじいちゃんの糖尿もヤバくなってるわけでしょ、これから大変でしょ、お父さんもお母さんも、で、はっきり言って、一人でも戦力っていうか、使える手があったほうがいいわけじゃない、俺、それ、やるよ、昼間とか、お父さんは仕事に行ってるし、お母さんは家のこともあるけど、だったら俺がおじいちゃんちに行って、畑の手伝いとか、病院に連れて行ったりとかすればいいんだと思わない?」

お父さんは黙ったままだった。お母さんは、やめなさい、翼、もういいから、と二人の間に入って止めた。

でも、お兄ちゃんはかまわずつづけた。

「こっちの大学だったら、それほど必死に勉強しなくてもなんとかなるし、俺、受験のときも勉強は夜型だったから、昼間はどうせ時間空いてるわけ、だったらちょっとでもウチのことやりたいっていうか、役に立ちたいっていうか、親孝行したいわけだよ」

違うよ、と言いたかった。お兄ちゃん、それ、違う。理屈は確かに通っているし、どこがどう違うのかはわからない。でも、違う。絶対に違う。

「いいでしょ? お父さん、俺、こっちに帰るから、こっちで勉強もするし、みんなのためにがんばって――」

言葉が途切れた。

お母さんがお兄ちゃんにビンタを張った。お兄ちゃんのほうがお母さんよりずっと背が高い。つま先立って、手をいっぱいに伸ばして、空振《からぶ》り同然の当たりそこねになってしまったけど、お兄ちゃんは左の頬に手をあてたまま凍りついてしまった。

「生意気なこと言わないで！」

お母さんは涙声を張り上げた。「ひとのことを言い訳につかうのはやめなさい！」——声にもっと涙が交《ま》じって、あとはもう、その場にしゃがみ込んで顔を覆《おお》ってしまった。

お兄ちゃんはまだ左の頬に手をあてたまま、なにも言えない。

わたしの言いたかったこと——自分ではうまく説明できずにモヤモヤしていたことを、お母さんが言ってくれた。帰郷したお兄ちゃんを一度も叱らず、お父さんからかばいつづけていたお母さんが、初めて、感情を爆発させた。

そして、いままで怒りどおしだったお父さんは、初めて、おだやかな笑顔でお兄ちゃんを見つめた。

「自分のことだけ、考えろ」

静かに言って、お母さんの丸まった背中にそっと手を置いた。「先に風呂に入ってくる」と声をかけると、お母さんは嗚咽《おえつ》交じりに「お湯、抜いといて」と言った。そのやり取りを聞いた瞬間、なんだか、うまく言えないけど、どうも、その、子どもは親には一生かなわないんだなあ、とわたしは思ったのだ。

廊下がギシッと鳴る音で目が覚めた。窓の外はまだ薄暗い。枕元の時計を見ると朝五時過ぎだったけど、意外なほどすっきりとした目覚めだった。

ギシッ、ギシッ、と音はつづき、やがて階段を降りる足音に変わった。

わたしはあわてて跳ね起きて、ベッドから出た。

追いかけようとしたとき、あ、でも、と別の考えが浮かんだ。このままだと玄関で靴を履《は》いているときに追いついてしまう。それはよくない、やっぱり。

パジャマをスウェットに着替えていると、玄関のドアが開いて閉まる音が聞こえた。バス停までは徒歩三分。駅行きの始発バスは、たしか、五時二十分だった。

階下に降りて、顔を洗い、歯も磨いて、ついでに髪もとかして、さあ行こう、と玄関に向かったら、寝室からお母さんが出てきた。

眠そうな目でまたたきながら、「洗濯物はあとで宅配便で送るからって言っといて」と言う。ぜんぶわかっている。なんか、ゆうべにつづいて、親ってやるもんだなあ、と思う。「一緒に行かない？」と誘ってみると、お母さんは笑って寝室に戻ってしまった。かわりに、お父さんが寝室の中から「元気でやれって言っといてくれえ」と言った。「もしアレだったらあ、いつでも帰ってきていいからあ、ってえ」――お母さんはほんとうに眠そうだったけど、お父さんはお芝居がヘタだ。ふわああっ、なんてあくびしなくていいです。むにゃむにゃ、なんてマンガでも言いません。

わたしは玄関を出た。まだ時間はたっぷりあったけど、バス停までは自然と小走りになった。

お兄ちゃんは大きなバッグを膝で抱きかかえてベンチに座っていた。

声をかける前に、走ってくる足音で「あれ？」と気づかれた。「なにやってんだよ」

ちょっとぐらいバツの悪そうな顔をするだろうかと思っていたのに。

でも、それくらいずうずうしくないと、また東京から逃げ帰ってしまうことになるのかもしれない。

「忘れもの」

右手をお兄ちゃんに伸ばして、マボロシの『お休み券』を差し出した。

お兄ちゃんは「もういらないと思うけどな」と苦笑して受け取り、ジャケットの胸ポケットにしまうしぐさをした。

「がんばってね」

「まあ、とりあえず……いちおう」

「夏休み、友だちと東京に遊びに行くから。いろんなところ調べといてよ」

お兄ちゃんは「ヒマがあったらな」とそっけなく言って、もっとそっけなく「お父さんとお母さんのこと、頼むな」とつづけた。

わかってる。でも、お父さんもお母さんも、そんなのしなくていいって言うだろうな。子どもは自分のことだけ考えてればいいの、生意気なこと言わないの、とお母さんの口調まで浮かぶ。で、お父さんはやっぱり遠い目をして言うのだ。「翼はいまごろ元気でやってるだろうなあ、東京を思いっきりマンキツしてるんだろうなあ」なんて。

見送らない。妹に見送られる兄貴ってのもカッコ悪そうだし。

「じゃあね」と軽く手を振って、お兄ちゃんも「おう」と笑って、わたしは家に向かって駆けだした。早起きのおじさんに散歩させてもらっている犬に、おはよう、と走りながら笑いかけると、犬はしっぽを振りながら、元気いっぱいに、うるさく、吠えた。

目には青葉

二丁目のブランコで勝負だ、と決めていた。

日曜日の公園でブランコに揺られる三十半ば過ぎの男――はたから見れば、かなりヘンだろうか。隣に女のひとがいるのだから、なんとかなるだろうか。いや、そもそも、肝心《かんじん》の彼女が隣のブランコに腰かけてくれるだろうか。

自信はない。ケンもホロロに断られるのも嫌だが、やんわりと「それはちょっと……」と言われてしまうのはもっとキツいし、そのときに一瞬でもあきれた顔を浮かべられたら、恥ずかしさに立ち直れなくなるかもしれない。

それでも――ブランコだ、と和生《かずお》はあらためて自分に言い聞かせた。

子どもの頃からブランコが好きだった。特に二丁目の小さな公園にあるやつがいい。お城山のふもとになるので、ブランコに乗ると、かつてお城があった小高い丘と向き合う格好になる。うっそうとした森が、ブランコの動きにつれて、ぐうっと持ち上がったり、すうっと下がったり、手前に迫《せ》り出してきたり、後ろに退《さ》がったりする。なんだか森と一緒に遊んでいるみたいで楽しかった。誰とも目を合わさなくて遊べるのが、もっと、よかった。


その日は、朝からよく晴れた日曜日だった。

いいぞ、ラッキー、と翠《みどり》さんを駅まで迎えに行く途中、和生は何度も空を見上げた。どうだ、と誰かに言ってやりたかった。俺だってたまにはツキがめぐってくるんだ。

初めて翠さんがわが家に遊びにくる。和生にとっては、バラ組のゆかりちゃんに片思いしていた幼稚園の頃までさかのぼっても、女性を家に招くのは初めてのことだった。

翠さんとは長い付き合いだ。和生が勤めている会社に翠さんが半年間の派遣で来たのがきっかけで、もう足かけ六年になる。机を並べて仕事をした半年間が終わったあとも、残務処理や近況報告を口実に電話やメールのやり取りをつづけ、ときには待ち合わせて食事をして、なんとなく、いつのまにか、よくわからないまま、淡々と、付き合うようになった。

恋人だと、和生は思っている。いや、願っている。翠さんのほうはわからない。もう三十になったはずだから、さすがに虫の好かないオトコと食事をするようなことはないだろう。和生に好意ぐらいは寄せてくれているはずだが、きちんと告白して付き合いはじめたわけではないし、二人で会っていても、いわゆる、その、特別な関係を持ったわけでもない。男友だちの一人――ならば、せめてその上位には食い込んでいたいのだが……三十ヅラさげてそんなレベルで喜んでいてどうする、と自分のケンキョさが情けなくもなる。

とにかく、翠さんがわが家にくる。来てくれる。

料理が苦手でお取り寄せの好きな翠さんが、「カツオのたたき」と「カツオのたたき用のマガツオ一尾」を間違えてオーダーしてしまった。土曜日の夜に届いた宅配便を開けて、ボーゼンとして、「どうしよう」と電話してきた。「まかせろ」と和生は言ったのだ。「カツオのたたきなんて、料理の初歩の初歩なんだから、すぐできるよ」と、向こうには見えるはずもないのにグッと胸を張ったのだ。

料理には、ちょっとうるさい。自炊を長年つづけてきたことを翠さんも知っている。だからこそ、心の片隅には不安もよぎる。カツオの始末に困って、ただ料理が得意だからという理由で指名を受けただけなのか――？　いや、たとえそうだとしても、困ったときに頼ってきてくれることは素直に喜ぶべきではないのか――？

いじいじと考え込む性格である。石橋を叩《たた》いて渡らないこともしょっちゅうだし、それ以前に、石橋を叩くハンマーをどれにするかなかなか決められない。決めたあとも、この叩き方でいいのかどうか、そもそも叩いていいものかどうか、やっぱりあっちのハンマーのほうがよかっただろうか、と思いは千々《ちぢ》に乱れてしまう。

そんな自分に半ば愛想《あいそ》を尽かしつつ、三十六年生きてきた。三十七年目からの人生をともに歩みたいと思う相手が、もうすぐわが家を訪ねてくる。

ゆうべは自慢の出刃《でば》をていねいに研《と》いだ。一人暮らしの台所で真夜中に出刃包丁を研ぐ男、しかも中年になりかけ――ひとには見せられない光景だよなあと嘆きながらも、見てくれるひとのいないことのほうがもっと寂しいんだと気づくと、思わずじんわりと目に涙が浮かんでしまうのだった。


発泡スチロールの保冷ケースを提《さ》げた翠さんは、「ごめんなさい、日曜日の朝から」と申し訳なさそうに頭を下げた。

遠慮深さを超えて、和生には少々他人行儀にも見える。見えてしまう。だから言っただろう。自分の中の自分が教え諭《さと》す。期待するな、期待するな、期待するとつらいだけだ。わかっている。もう、それは、嫌というほど。

「土佐造りがいいかな」

和生はいきなり言った。「え?」と聞き返す翠さんに「それとも、きっちりたたきにする?」とつづけた。

「どう違うの？」

「皮をあぶるところまでは一緒なんだけど、土佐造りだと小皿のたれに身を浸けて食べるんだ。たたきだと、たれを漬け汁みたいな感じにして、包丁でたたいて、味をしっかり染み込ませて……俺としては、身の歯ごたえを楽しむんだったら土佐造りのほうがお勧めなんだけど、キーンと冷やして味の染みた、たたきも捨てがたいっていうか」

「はあ……」

「あと、一尾まるごとだったら、背の半身をたたきにして、残りは別の料理にも使えるから。刺身やカルパッチョもいいし、トマトの風味とも合うからガスパッチョもいいし」

ゆうべいろいろ考えたのだ。今朝になってもさらに検討を重ねたのだ。

「あ、でも、生ばかりだとアレなんだったら、豆板醬《トウバンジャン》をきかせた中華風ステーキも悪くないし、定番の角煮だってすぐにできるよ。秋のもどりガツオなら照り焼きにしても美味いんだけど、この時季はまだ脂《あぶら》がそれほど乗ってなくてさっぱりしてるから、ユッケ風にしてもいいと思うし、あと、中落ちと血合いも食べられるんだ。生姜《しょうが》味噌と砂糖と酒で炒《い》って、そぼろにしたのがいいんだ、これがまた。レタスで包んで食べてもいいし、熱々のご飯に乗せれば、いくらでもご飯食べられちゃうし……」

早口にまくしたてる和生の勢いに気おされて、翠さんは困惑しながら相槌を打つだけだった。

いつものことだ。

会話の間《ま》が怖いのが半分、勘違いするなよ、と自らに言い聞かせるのが半分。今日はあくまでも料理だぞ、カノジョがウチに来るのはそのためなんだぞ、ほかにはなんにもないんだぞ、そこを踏みはずすな、分《ぶん》を守れ、わきまえろ……。

言葉だけでは不安になって、「ちょっと見せてもらっていいかな」と駅の構内で保冷ケースを受け取り、その場にしゃがみ込んで、蓋《ふた》のガムテープをはがした。氷詰めされたカツオは三キロから四キロといったところだろうか。やや小ぶりの、たたきにするにはもってこいのサイズだった。

「伊豆のカツオ？　房総沖？」

「……千葉の勝浦《かつうら》から送ってきたんですけど」

「じゃあ房総の初ガツオだ。由緒《ゆいしょ》正しいよ。昔っから江戸の初ガツオは房総なんだ。目には青葉、山ほととぎす、初がつお。知ってるよな？　江戸っ子の心意気だよ、女房を質に入れても、ってやつで……」

自分で口にした「ニョウボウ」の響きにドキッとした。誤解しないで、違うんだ違うんだ、そういう意味じゃなくて、と言いかけて、それもまたヤブヘビになりそうな気がして、あわててビニール袋の上からカツオの身を指で押して、「ああ、いいカツオだ」と言った。「カツオはすぐに身くずれしちゃうんだけど、これは締まってる、皮の張りもピチピチしてるし、美味いたたきができるよ」

行き交うひとたちがなにごとかとこっちを見て、翠さんの相槌はさらに困惑が深まってしまう。だが、当の和生はそれに気づくこともなく、いまの「締まってる」はいささかヒワイだっただろうか、「ピチピチ」はセクハラになっていないだろうか、とひたすらあせって、いっそここでビニール袋を破ってエラをめくり、血合いの様子まで見てしまおうか、とさえ思いはじめているのだ。

「あの、中村さん……あとは、向こうでやりませんか?」

翠さんは子どもをなだめすかすように言って、手に提げていたもう一つの、小さな包みを軽く掲《かか》げて見せた。

それでやっと和生も我に返り、返ってしまうと自分のあわてぶりがむしょうに恥ずかしくなって、そそくさと保冷ケースに蓋をして立ち上がった。

「ご両親に、おみやげ買ってきました」

「え?」

「かしわもちなんですけど……甘いもの、お好きでした?」

胸が熱くなる。やっぱり優しいひとだ、とあらためて思う。「お好きでした?」と過去形をつかいながら、気持ちは現在形というところが、なによりもうれしく、ありがたかった。

両親は翠さんを満面の笑みで迎えてくれた。

だが、その笑顔は動かない。色もない。二つの写真立てに入ったモノクロ写真の両親は、どちらもいまの和生よりも若い。

翠さんが仏壇《ぶつだん》に向かって手を合わせている間、和生は台所にいた。間がもたなかった。ぺらぺらしゃべることはないにしても、部屋のどこにいて、どんな表情をしていればいいのかわからなかった。

頃合いを見計らって居間を覗《のぞ》くと、翠さんはまだ合掌《がっしょう》をしていた。

長いな、真剣だな、ただの「お邪魔します、初めまして」とは違うな……と思いかけて、いやいやいやいや、ずうずうしい妄想はやめろ、と打ち消した。

台所の流し台に戻って、カツオを保冷ケースから取り出した。やはり、いいカツオだ。自炊歴二十一年、一尾まるごとのカツオを三枚におろすのは初めてだったが、失敗は許されない。せめてあと一日あれば別のカツオを買ってきて練習もできたのだが、昨日の今日ではぶっつけ本番で臨むしかない。

最初に腹びれから包丁を入れて頭を切り落とし、腹にVの字形に包丁を入れ、ワタを取り出す。腹の中央から背中にかけての皮は固いので削《そ》ぎ落とし、背びれを落とす。腹と背にそれぞれ尾の方向に包丁を入れて、いよいよ三枚おろしにとりかかる。包丁は尾から頭へ。背と腹それぞれ二節ずつとって、たたきにする背の節に塩をすれば、準備完了ということになる。

こうやって、こうだな、こう、こう……。包丁を握り、虚空《こくう》で動きを確認してから、もうそろそろいいだろう、と居間を覗いた。

合掌を終えた翠さんは仏壇の前にちょこんと座ったまま、和生を待ちかまえるように体をこっちに向けていた。

「中村さんって、お父さんとお母さんの両方に似てるんですね」

「うん……」

腫《は》れぼったい一重まぶたは父に似て、低い鼻と厚めのくちびるは母に似た。ついでに言えば、髪の毛の薄いところは父から受け継ぎ、背の低いところは母が小柄なひとだったからだろう。

「優しそうなご両親ですね」

「そうかな……」

「だって、すごく優しい笑顔ですよ、二人とも」

「同じ日に撮ったんだ」

写真はトリミングしてモノクロに焼き直したものだが、もともとはカラーで、二人の真ん中には小学五年生に進級して間もない和生も写っていた。それが家族で撮った最後の写真だった。両親が交通事故で亡くなったのはその年の七月のことだ。

「ま、どうでもいいけど、そんなの」

わざと軽く笑った。深刻な雰囲気にはしたくない。

「二人とも甘いものが好きだったから、喜んでるよ、かしわもち」

思い出というより、歴史上の人物のこぼれ話を話しているように言えた——と思う。

翠さんは、じゃあよかったです、と笑い返して、笑顔のまま居間を見わたした。

掃除はきちんとしているものの飾り気はなにもない、殺風景な部屋だ。家族三人で暮らしていた日々よりも、和生がここで一人暮らしをしてきた日々のほうが、すでにずっと長くなった。

寂しくないですか、と翠さんに訊かれたらどうしよう。そう、寂しいんだよ、だから、ボク、きみと……言えるわけないよな、とくちびるを結んだ。

きれいにしてますね、と言われたらどうしよう。独身生活の大ベテランだから、と応えると自虐的《じぎゃくてき》すぎるだろうか。深読みされて、寂しさをアピールする嫌なヤツだと思われてしまうだろうか。

これだったら結婚なんてしなくてもいいですよね、と言われたら、どうすればいい。

いや、そんなことないんだ、結婚したくてしたくてしょうがないんだ……あまりにも単刀直入すぎるだろうか。オンナを家政婦扱いするんですか、と誤解されてしまうだろうか。いや待て、じつは翠さんはこっちの反応を探るためにそう言っている、という可能性だってなきにしもあらずだろう。ヘタに気取って、ひとりのほうが気楽でいいよ、などと言ってしまうと、すべてが終わってしまいかねない。

翠さんは和生を振り向いて、クスッと笑った。

くるぞ、くるぞ、と和生は身がまえたが、翠さんが口にしたのは思いもよらない一言だった。

「座ってくださいよ」

「……ああ」

「それで、包丁、置いてきてもらったほうが落ち着くんですけど」

言われて気づいた。右手に出刃包丁を持ったまま戸口にたたずんでいた。

「あ、ごめん……」とあわてて——思わずズボンのポケットに包丁をしまおうとして、「危ない！」と翠さんを驚かせてしまった。

いつもこうだ。

ずっと、そうだ。

なにをやらせてもうまくいかない。緊張しすぎて、間抜《まぬ》けな失敗ばかりしてしまう。

相手が翠さんだから、というだけではないところが、また情けない。

　仕事でもプライベートでも、ひとと会うことが苦手だ。ひと付き合いに疲れてしまう。この歳になるとさすがにずうずうしさも出てきて多少はましになったものの、若い頃は商談ひとつまともにできなかった。用件は伝えられるのに、その前後の雑談や世間話がだめなのだ。そういえば先日こんなことがあったんですよ、と切り出せない。相手の冗談に笑うことはできても、テンポよく冗談を重ねたりツッコミを入れたりということができない。古くさい言い方をするなら、座持《ざも》ちのしない男なのだ。それでいて頭の中では、ああでもないこうでもないと妄想めいた考えがぐるぐると回りつづけているのだから、よけいタチが悪い。ひとと会って、ぐったりと疲れて家に帰ってから、なんだ実際にしゃべったのって一言か二言だったじゃないかと気づいて、さらにぐったりとしてしまうこともしばしばだった。

　台所に戻って、ため息交じりに包丁を置いた。しっかりしろ。がんばれ。自分を励ました。なまぐささがこもってはいけない、と流し台の前の窓を開けた。そのほうがいい、オトコとオンナが二人きりなのだから窓を開けておいたほうが翠さんも安心だろう、と思って、いいかげんにしろよ、と自分を叱《しか》った。

「じゃあ、そろそろやろうか」

居間に入るなり翠さんに声をかけた。「いまからさばけば、お昼ごはんに間に合うから」とつづけた。

だが、翠さんは仏壇の前に座ったまま立ち上がろうとせず、じっとこっちを見つめていた。

少しこわばった真剣な面持ちだった。どことなく怒っているようにも見える。

「どうした?」

「カツオはあとでいいです」

「いや、だって……」

そのために来たんだろ、とつづける前に、翠さんは言った。

「わたし、結婚するかもしれません」

包丁をしまってほしいと翠さんが言ったほんとうの理由がわかった。

もしも右手に包丁を持ったままだったら、確実に包丁は手から落ちて、足に刺さっていただろう。

派遣先の上司に気に入られて、お見合いの話を持ちかけられた。相手は別の部署の、同い年の社員だった。顔を立てると思って一度だけでも、と強く頼まれて、断りきれずに先週会った。想像していたより、ずっといいひとだった。翌日さっそく仲人《なこうど》役の上司を通じて、結婚を前提にお付き合いをしてほしい、と言われた。

「月曜日に返事をすることになってるんです」

「……明日？」

「そう、明日」

翠さんはこくんとうなずくと、不意に膝《ひざ》をくずし、畳に片手をついて、和生ににじり寄るような格好で身を乗り出してきた。

「明日なんです、返事」

念を押して、和生をじっと見つめる。和生は呆然としたまま、そのまなざしを受け止める。逃げ遅れた、と言ったほうが近い。目をそらすタイミングを逃してしまった。もう視線を動かせない。上目づかいの翠さんの瞳はかすかにうるみ、熱いものがいまにもあふれ出しそうに揺れている。初めてだ。翠さんのそんなまなざしも、女性にそういう目で見つめられることも。

「どう思います？」

「どう……って……」

「せっかくのチャンスっていう感じなんですかね、やっぱり」

「どう……なんだろうな……」

「その気がないのにお付き合いするのって、向こうにも悪いですよね」

「どう……かなあ……」

「でも、何度も会ってれば、いいところもだんだんわかってきて、プロポーズ受ける気になっちゃうかもしれないですよね」

「どう……すればいいんだろうなあ……」

やだ、と翠さんは笑った。中村さんが困っちゃうことないじゃないですかぁ、とからかうように——和生から目はそらさずに。

「困ってるのは、わたしなんですから」

「いや、俺だって……」

「困ってるんですか？」

「っていうか、その……びっくり、っていうか……」

あまりにも予想外の展開だった。和生だってオトコだ。三十六年間生きてきたオトナだ。翠さんがなにを訴え、なにを求めているかは、わかる、ような気がする。望むところだ、と言えばいい。こっちもそれを待ってたんだぜ、と笑えばいい。

タンスの一番上、預金通帳のしまってある引き出しには、翠さんに渡すつもりの小箱が入っている。ゴールデンウィークに二人で会ったあと、よし、もう迷わない、このひとだ、このひと以外にはありえない、とあらためて誓った。連休明けに、ひそかに指輪を買った。今度会ったら渡そうと決めてから半月——いよいよ、そのときが訪れた、のかもしれない。

「ねえ、中村さん、お付き合いしたほうがいいと思います？」

翠さんはさらに身を乗り出してきた。手を軽く伸ばせば頬に触れられる距離になった。

「わたしももう三十ですから、考えなきゃいけないんです、将来のこと」

「うん……俺、三十六……」

「中村さんの歳のことじゃありません、わたしのことです、わたしの将来です」

距離はさらに詰まる。息づかいを肌で感じられる距離だ。ここまで来たら、もう、指輪をタンスから出して渡すような悠長《ゆうちょう》なことをやっていられる状況ではない。

あんなこと。

あ、いや、それはさすがにいきなりだとアレだから、まずは、こんなこと。

胸がどきどきしてくる。息が詰まる。こめかみがキュッと後ろにひっぱられる。

「中村さん」

距離が、さらに詰まる。

「中村さんってば」

距離が――広がった。

逃げた。ボクシングでいうならスウェイバックの形で、和生は背中を反《そ》らすように身を退《ひ》いてしまった。

その瞬間、翠さんのまなざしに宿っていた熱が消えた。かわりに、途方に暮れた悲しみが、見る間に瞳を濡《ぬ》らした。

「いいんですか」声が震える。「いいんですね、じゃあ」

翠さんの肩越しに仏壇が見えた。モノクロの両親が微笑んでいる。すでに自分たちより年上になってしまった一人息子を、笑顔で見つめている。

和生はため息をついて、翠さんからも両親からも目をそらした。

こういうことなんだよ、結局。つぶやきを呑《の》み込んで、また、ため息に変える。

「向いてないんだ」

翠さんも和生から目をそらして、「なにが?」と訊いた。

「誰かと一緒にいるってことが」

「……わたしとも、ですか?」

黙ってうなずいた。この部屋に客を迎えたのはいつ以来だろう。ふだんの「ひとり」が「ふたり」になった、ただそれだけで、八畳間の空気がギュッと濃くなったような気がする。

「俺、ウチで話す相手がいないんだよ。なにをしゃべっても、ぜんぶひとりごとになるんだ」

それに慣れすぎてしまった。慣れたくはないのに、体と、心が、覚え込んでしまった。

「寂しいっていうわけじゃないんだ」

逆に、とつづけた。

「一人でいることがあたりまえになると、ひとと一緒だと疲れるんだ」

口にして初めて、ああ、そういうことだったのか、と気づいた。なるほどな、と納得もした。会話の間が怖い理由も、テンポよく軽やかにおしゃべりをつづけるのが苦手な理由も、結局はそこだったのだ。

翠さんは悲しそうに「でも……」と言う。「三十六で一人暮らしのひとって、いっぱいいます」

わかるよ、と和生はうなずいた。おだやかな微笑みが浮かんだ。皮肉なものだ。こういうときのほうが言葉はずっとすんなり出る。

「でもさ、一人暮らしと、ひとりぼっちっていうのは、違うんだ」

翠さんをまっすぐ見つめることも、できた。

小学五年生で両親を亡くしてから中学を卒業するまでの約五年間は、転校つづきだった。親戚の家を転々とした。両親は祖父母や親戚とずっとうまくいっていなかったのだと、亡くなってから知った。父にも母にも、のこされた一人息子を親身になって案じてくれるような親しい友人はいなかったのだと、これも二人が亡くなってから思い知らされた。和生が両親といちばんよく似ているところは、寂しさだったのかもしれない。

「結婚……ごめん、いま思ったんだけど、やっぱり俺、向いてない」

言い切った瞬間、重いものがずしんと胸の奥に沈んだ。

しかたない。この重さを俺はずっと抱いて生きていくんだ、と覚悟を決めた。

翠さんが「でも……」と言いかけたとき、台所から金物がひっくり返る音が聞こえた。つづいて、棚《たな》の上から物が落ちる音も。

和生ははっとして立ち上がった。

「ヤバい！」

「どうしたんですか？」

「猫だ！」

台所に駆け込むのと、野良猫が流し台の前の窓から逃げ出すのは、ほとんど同時だった。

すでに野良猫は食事を終えていた。もはやすべては遅かった。銀色の腹をくいやぶられ、ちぎれた赤い身を無惨《むざん》にさらしたカツオを、和生はただ呆然と見つめるだけだった。

いつも、こうなのだ。

なにをやらせてもうまくいかない。

持って生まれたツキがないのだろう。そうでなければ、小学五年生で両親をいっぺんにうしなうような人生を神さまが与えるはずがない。今日はいい天気だった。それでもう、一日分のツキを使い果たしてしまったのだ。

泣きだしてしまいたいのをこらえてカツオを洗い、いっそまな板まで断《た》ち切ってしまえ、と出刃包丁を握る手に渾身《こんしん》の力を込めて頭を落とし、くそったれ、くそったれ、くそったれ、とうめきながら三枚におろした。

猫に食べられなかった半身はなんとか料理に使えそうだったが、さすがに生で食べるのはどうかと思うし、猫の食べ残しを翠さんにふるまうわけにもいかない。

「悪いけど、これ、俺の晩めしにするよ。駅前のショッピングセンターに、たたきにしたカツオ売ってると思うから、それ、お詫《わ》びに買わせてもらっていいかな」

「そんなことしなくていいです。これ、たたきにしてもらったら食べます」

翠さんはやっぱり優しい。

だが、和生は力なく首を横に振って、「やめようよ」と言った。「無理して食べると、ナマモノだから腹こわしちゃうぞ」

「だいじょうぶです、無理なんてしてません」

「せっかくの初ガツオなんだから、もっとちゃんとした美味い店で食べたほうがいいよ」

「わたし、中村さんのつくってくれたのが食べたいんです」

「俺がつくっても、どうせ美味くないよ。それより、ほら、お見合いした相手のひとと一緒に食べに行ったほうがいいんじゃないか？」

ああ嫌だ、いまの俺はほんとうに嫌だ、自分でも思うのだから、翠さんの目にはもっと嫌な男に映っているはずだ。

和生は流し台の蛇口《じゃぐち》をいっぱいにひねって、なまぐさくなった手を洗った。勢いよく流れ落ちる水が手に当たる音が、もういい、もうどうでもいい、お別れだ、おしまいだ、と聞こえる。

翠さんはしばらく黙り込んでから、言った。

「じゃあ、明日、そのひとに連れて行ってもらいます」

和生は背中を向けたまま、手を洗いつづける。

「……さよなら」

和生は振り向かず、翠さんは立ち止まらず、家の外で野良猫が、おなかがいっぱいになったからだろうか、上機嫌にひと声鳴いた。

カツオの節をラップして冷蔵庫にしまった。アラをひと茹《ゆ》でしてアクを取った。ため息をついた。舌打ちをした。猫が汚した流し台にムースタイプの除菌クリーナーを振りかけ、泡が消えるまで居間でぼんやりと過ごした。

この部屋で家族三人がくつろいでいた頃が、遠い昔のように思える。いや、実際、遠い昔になってしまったのだ。これから、もっともっと遠くなっていくのだ。

部屋の家具や調度品に、あの頃を偲《しの》ばせるものはない。和生が親戚の家をたらい回しにされている間に、すべて処分された。親戚一同は家も売ってしまおうとしたが、祖父母が「和生の帰る家だけは残してやれ」と言ったので、話は流れた。だが、そう言ってくれた祖父母にしても、父の長兄一家と一緒に暮らしている手前、和生を引き取るとは言わなかった。

高校に入学して、ようやくわが家に帰った。高校生の一人暮らしを案じる親戚は誰もいなかった。賃貸に出していた五年間の家賃収入はいったいどうなったのだろう。両親の生命保険金があったので大学を卒業するまでの学費や生活費はなんとかまかなえたが、家賃のことを言い出す親戚は誰もいなかった。

最後の借り手は夫婦と子ども二人の家族だったらしい。子どもは二人ともまだ小学生だったという。借り手が引き払ったあとのがらんとしたわが家に帰り、返事がないのは承知で「ただいま」と言った。借り手の子どもが貼《は》った、ガムかなにかのおまけのシールを居間の柱に見つけて、高校一年生の和生は、なぜだろう、まず笑って、それから泣いた。

そのときのぽっかりと抜けたような寂しさを、ひさしぶりに思いだした。笑うしかない。けれど、涙が止まらない。

それぞれの実家に祝福されたわけではない両親の結婚は、そもそも、母が和生を妊娠したことのほうが先だった。いまで言うなら――アタマにくるほどふざけた言い方を認めるなら、できちゃった婚である。和生の命が母のおなかに宿らなければ、両親は結婚していなかったかもしれない。そうすれば、二人とも、三十代の前半で亡くなることもなかったはずなのだ。

ツキのなさは、そこから始まった。両親まで巻き込んでしまった。いや、もともとツキがなかったのは両親のほうだったのだろうか。ツキのない三人が一つ屋根の下で暮らした十一年間は、三人の乏《とぼ》しいツキを持ち寄ったからこそ幸せだったということなのか。三人のツキは、どんなに拾い集めて足しても、十二年分までには至らなかったということなのだろうか……。

がらんとしたわが家を眺めわたして、十五歳の和生はそんなことを考えていた。

三十六歳の和生は、がらんとした胸の寒々しさを抱いて、仏壇の両親を見つめる。

やがて、涙を拭いて、家を出る。十五歳の和生も、三十六歳の和生も。行きたい場所があった。二十年以上の歳月を隔てて、二人の和生は、同じ一つの場所を目指して歩きだした。

子どもの頃、よく家族で二丁目の公園に出かけた。ブランコが好きだった。もっと強く押して、もっと強く押して、とせがむ和生に母は苦笑しながら付き合ってくれた。大きくなってからは自分の力だけで立ち漕《こ》ぎをした。それでも、どんなに思いきり漕いでも、隣のブランコの父には負ける。体をほとんど地面と水平にして、空まで飛んで行くのではないかと心配になるほど大きくブランコを振る父は、ほんとうにたくましかった。そんな父を見る母の表情はほんとうに優しかった。

両親を亡くしてからも、ブランコは好きだった。ただし、もうあの頃のような無邪気さで漕ぐことはなかった。親戚の誰にもなじめず、親戚の暮らすどの町にもなじめなかった和生は、いつの頃からか、預けられる先が変わるたびにブランコのある公園を探すようになった。

ブランコは、一人で遊べる。いつまでも漕いでいられる。それこそ日曜日の朝から夕方まで、でも。

ブランコに揺られていると、頭がしだいにぼうっとしてくる。考えごとをするでもなくしないでもない、微妙な感覚に包まれる。ブランコの前の景色と、とりとめのない会話を交わしているようにも感じる。それがよかった。ひとと話すよりずっといい。おとなになった和生が、妄想めいたことを一人でいじいじと悩んだり、くよくよと悔《く》やんだり、あたふたとあせったりするのは、その頃の名残《なごり》なのかもしれない。

二丁目のブランコだ。お城山の森と話していれば、元気が出る。ほんとうなら、家で切り出せなかったプロポーズの言葉を言うためにブランコの力を借りるはずだったのだが——それは、まあ、もう、いいや、と足早に歩きながら思う。

公園に入った。顔を上げた。二台あるブランコの左側に、幼い女の子が座っていた。右側は空いているが、さすがにこのご時世、いきなりあらわれた中年男が幼女の隣でブランコを漕いだりすると、いったいどんな騒ぎになるのか……いや、世間の目よりも、翠さんに「だから結婚しないって言ったのね」などと誤解をされてしまったら……。

やっといつもの調子に戻ったようだ。ほっとして、女の子が飽きるのを待つか、とベンチに目をやると——翠さんがいた。驚いた顔でこっちを見て、目が合うと、笑ってくれた。

「あの子、いま、友だちとケンカしてるみたいなんです」

翠さんはブランコの女の子に軽く顎《あご》をしゃくって、ベンチの隣に座った和生がうなずいたのを確かめてから、「で、ケンカした相手が、あの子」とジャングルジムに目を移した。ブランコの子と同じぐらいの年格好の女の子が、てっぺんまでよじ登ったジャングルジムから——なるほど、言われてみれば確かに、ブランコにちらちらと目をやっている。怒っているような、悲しんでいるような、すねているような、困っているような、翠さんは、わかるわかる、と笑顔でうなずく。

「ああいうのって、途中からは意地になっちゃうんだよなあ」

「自分のこと？」

「え？」

「なんでもないです」

翠さんはいたずらっぽく言って、「でも、だいじょうぶですよ」とつづけた。「ブランコに乗ってれば、仲直りできます」

ブランコは仲直りのための遊具なのだという。

「わたし、子どもの頃からずっとそう思ってました。友だちとケンカしても、並んでブランコに乗ってると、なんとなく仲直りできちゃうんですよね」

ブランコは一人で乗る遊具だから。言葉を交わさなくてもいいし、向き合う必要だってないから。こっちに来ないでよと言われても、だって空いてるブランコに乗ってるだけだもん、あんたがたまたま隣にいただけだもん、文句あるんならあんたこそあっちに行けばいいじゃない、と言い返せるから——たぶん、その時点でどちらかがプッと噴《ふ》き出して、ケンカは終わる。

制限時間はない。勝ち負けもない。前をじっと見ていれば、隣の子も目に入らない。

「ひとり」と「ひとり」のままでいられる。

「考えてみれば、けっこう寂しい遊具なのかもしれませんね、ブランコって」

「ああ……」

「でも、ばらばらに漕いでても、やっぱり一緒なんですよ、なんとなく『ふたり』で遊んでる感じになるんですよ」

和生は黙ってうなずいた。ブランコについてそんなふうに考えたことはなかった。いいなあ、と思う。ブランコが仲直りの遊具だということも、それを教えてくれた翠さんのことも、ほんとうにいいなあ、と思う。

「ブランコに乗ってみようかなって思ったんですよ」

「きみも?」

「『も』って?」

「あ、いや……それはいいんだけど、なんで?」

「いま言ったじゃないですか」

ブランコは仲直りのための遊具だから——。

「ずーっと乗ってたら、仲直りしたいひとが、いつか隣のブランコに乗ってくれるかもしれないでしょ」

ふふっと笑う。ねっ、と和生に念を押すと、笑みはいっそう深くなる。

頭がぼうっとした。弧《こ》を描いて前にグッと出たブランコが後ろに戻るときの感じに似ていた。

「中村さんこそ、なんでここに来たんですか?」

後ろのてっぺんまで戻ったブランコは、ほんの一瞬虚空で止まり、また勢いをつけて前へ出る。その一瞬の間に不思議と、心臓のトクンと鳴る音が大きく響くことがある。

いまが、そう。この感じ。ドキドキと鼓動を打ちはじめる前の、最初の、トクンだ。やっていけそうな気がした。ブランコのような「ふたり」なら、きっと。

「あ、中村さん、見て見て」

翠さんの声がはずむ。ジャングルジムの子がジムから降りて、ブランコに向かって歩きだしたところだった。うつむいている。面倒くさそうに、目に見えない小石を両足で交互に蹴《け》りながら、少しずつ、少しずつ、ブランコに近づいていく。ブランコの子も気づいた。あわててそっぽを向き、だが降りてしまうでも追い払うでもなく、ブランコの動きに合わせて膝《ひざ》を曲げたり伸ばしたりして、弧を一気に大きくした。

翠さんはほっとしたようなため息をついて、「もうだいじょうぶですね」と言った。

「で、わたし、いまなんの話してましたっけ」

和生はブランコの二人を見つめて笑う。「えー？　わたし、なにかヘンなこと言ってました？」と翠さんに訊かれても、笑いつづける。お城山の森も、風に吹かれて笑う。先週あたりまで青葉の隙間に見えていたヤマザクラに代わって、いまはツツジの赤い花が点描《てんびょう》画《が》のように森を彩っている。

やがて、隣のブランコも弧を描きはじめた。

言葉はない。目も合わせない。それでも、どちらも漕ぐのをやめようとはしない。

「ひとり」と「ひとり」が、ゆるやかな「ふたり」になる。

「あとで乗りませんか、ブランコ」

翠さんが言った。

「ずっと一緒に乗ろう」と和生は言った。

翠さんは少し間をおいて「はい」とうなずいた。

気がつくと、ブランコの二人は笑いながらおしゃべりをしていた。二台のブランコは、前に出るタイミングと後ろに下がるタイミングがずれていた。話し声や笑い声もずれる。けれど、幼い二人は声がなかなか揃わないのをかえって面白がって、元気なおしゃべりをいつまでもやめようとはしなかった。

ツバメ記念日

由紀《ゆき》、誕生日おめでとう。

こうしてあらたまって手紙を書くのは初めてだ。ひょっとしたら、由紀がパパの手書きの字を読むのは、いままで一度もなかった——そんなことはないかな、さすがに。それでも、一人娘に書く初めての手紙だ。緊張している。ママにはナイショだ。パパが手紙を書いたことも、この手紙の中身も。

昔ばなしをする。由紀が歩きはじめて間もない頃のことだ。いつか、その頃のことを覚えているかと訊《き》いたら、「ぜーんぜん」と笑って答えていたな。「ほんとに苦労のしがいがないんだから」とママはフグみたいに頬をぷーっとふくらませた。それを見て、おまえはもっと大笑いして、最後は笑いすぎでおなかが痛くなってしまったほどだった。

だが、気づかなかったか？　ママは頬をふくらませる前に、パパをちらりと見たのだ。なつかしそうな、くすぐったそうな、少しだけ寂しそうな、フクザツな表情を一瞬だけ浮かべ、それを消すようにおどけて頬をふくらませたのだ。

由紀はパパとママのたいせつな子どもだ。それはもう、おまえが産まれたときから――いや、ママのおなかに命が宿ったのだと知った瞬間から、いまに至るまで、ずっと変わらない。

ただ、そんな思いが揺らいだことがまるでなかったというわけではない。

由紀がいるせいで。

由紀のことさえなければ。

どうして由紀を産んだのだろう。

まだ言葉も覚えていないおまえの寝顔を見つめて、パパもママもため息交《ま》じりにつぶやいていた頃があった。季節はちょうどいまと同じ、五月の終わり。出産後一年間の育児休暇を十カ月で切り上げたママが仕事に復帰して間もない頃のことだ。

ツバメ記念日の話をしよう。

パパとママと、それから由紀にとって、なによりも大切な記念日の話をする。

その日、ママは駅のホームで泣いていた。

悔し涙だった。

もっとも、誰かに嫌なことを言われたり、意地悪をされたわけではない。悔しさの向いている先は、ママ自身だった。

悔しさだったのかどうかも、じつはよくわからない。ほんとうは悲しくて流した涙だったのかもしれないし、疲れ切って、もう感情が揺れ動く力すら残っていない状態で、目から涙がぽろぽろと流れ落ちただけだったのかもしれない。

とにかく、ママは泣いていたのだ。ホームのベンチに脚を投げ出して座り、梅雨《つゆ》入り間近な空をぼんやりと見つめて、一人で泣いていたのだ。

パパは由紀と二人でウチにいた。覚えているかな。由紀が保育園の頃に住んでいた賃貸のマンションだ。風邪をひいた由紀の熱が急に上がったらどうしようとハラハラしながら、パパはそれ以上に、家を出て行ったママのことを心配していた。不安だった。最悪の事態も、脳裏《のうり》をよぎっていた。

いまなら笑い話になる。だが、その日のパパは、遠くから救急車のサイレンが聞こえるたびに肩をビクッと震わせていた。ママのほうも、あとで打ち明けてくれた。「あのままだったら、可能性あったかもね」——冗談めいた口調だったが、本気だったのだと、思う。

ママは、その日、朝イチで大事な会議があった。出産休暇を含めると一年以上のブランクがあるママにとっては、復帰後のスタートダッシュの成功がかかった会議だった。

何日も時間をかけてプレゼンの資料を集め、整理した。

由紀にも想像がつくだろう? ママはとびきりのがんばり屋だ。あの頃はもっとそうだった。与えられた仕事をただ一所懸命にこなすというだけでなく、自分から責任を背負い込むというか、勝手に使命感を抱いてしまうというか、はたから見ていると「ちょっと肩の力を抜いたほうがいいんじゃないか?」と声をかけたくなるほどだった。

ママは会社で最初の総合職採用の女性社員だった。出産退職をしなかったのも初めてだし、育児休暇をとったのも初めてだったし、育児と総合職の両立を目指すのも初めて。お手本や参考にする先輩はいない。後輩にとっては、ママがしっかり仕事をすれば「わたしたちだってやれる!」という自信になるが、うまくいかなかったら「やっぱり無理なのか……」となってしまう。男性社員のほうはもっと——これはパパにもよくわかるのだが、復帰後のママの仕事ぶりに注目していた。特に上司にあたる世代の目は、きっと好意的なものばかりではなかっただろう。ママが愚痴《ぐち》をこぼしたわけではないが、それもパパにはよくわかるのだ。せいぜい「どこまでやれるかお手並《てな》み拝見」といった調子で、「足手まといにはなってくれるなよ」と露骨《ろこつ》な態度を見せるひともいただろうし、結果しだいでは今後の女性総合職採用を控《ひか》えようと考えているひとだっていたはずだ。

ママがすべてを背負い込むことはない。由紀はそう言うだろう。パパも同じだ。当のママだって、理屈ではよくわかっていた。だが、理屈ではどうにもならないのが性格というやつなのだ。

その日の会議に向けた資料づくりだって、ママはほんとうにがんばっていた。ところが、ママに言わせれば、全然だめ、ということになる。時間がかかりすぎたし、できばえにも満足できない。なにより、プロジェクトチームを組む他のメンバーとの連絡や意思疎通《いしそつう》がうまくいかない。

そんなわけで、二、三日前からママは機嫌が悪かった。疲れてもいたし、いらだってもいた。睡眠不足とストレスで口の横にいくつも吹き出物ができて、それを隠すために念入りにメイクをする時間の余裕すらなかった。

パパも、ママほどではないにしろ、疲れて、いらいらしていた。

ママが仕事に復帰すれば忙しくなるぞ、と覚悟はしていた。だが、現実は予想以上に厳しかった。タイミングも悪かった。パパはちょうど四月に新しい部署に異動になったばかりで、毎日が目の回るような忙しさだった。ママのフォローをするどころか、会社に泊まり込まないと仕事が終わらないようなありさまで、正直に言えば、ママが育児休暇を短縮して四月に会社に復帰したことがうらめしかった。もちろん、ママはママで、パパの協力が足りないのが不満そうだったし……。

赤ちゃんの笑顔が疲れた両親を癒《い》やしてくれるというのは、半分は正しいが、半分は嘘だ。少なくとも、パパとママは、由紀の笑顔を見ていると一日の疲れも吹っ飛ぶ――というようなことは、ほとんどなかったと思う。

由紀のご機嫌がいいときは、いまのうちにあれをやらないといけない、これをやっておかないといけない、とあせりどおしだった。ぐずりはじめると、もっとあせる。あせってはいけない、こっちが心おだやかにしていないと由紀にもストレスがかかって、ますます泣きやまなくなってしまう。わかっていても、やっぱりあせる。あせるなあせるな、と言い聞かせる声が、すでにあせりまくっている。由紀は覚えていないと思うが、マンションの下の部屋に住んでいたマツダさんは、とても神経質で、かつ陰険《いんけん》なひとだった。赤ん坊の泣き声がうるさい、親がばたばたと小走りに動き回るのがうるさい、という苦情の電話をしょっちゅう――しかも不動産屋にかけていたのだ。

そんな嵐のような時間が過ぎたあと、ようやくご機嫌を直した由紀が、屈託のない微笑みを浮かべる。だが、こっちには笑い返す気力もない。むしろ、由紀の笑顔が無邪気であればあるほど、「こっちの苦労も知らないで……」と言いたくなってしまうのだ。

そんなこと言われたって、と由紀は怒るかもしれない。

パパも、身勝手だな、と自分でも思う。

だが、赤ん坊のいる暮らしは、いつもいつも笑顔でいられるわけではない。

長い結婚生活の中で、パパとママの夫婦ゲンカがいちばん多かったのは、由紀が自分でトイレに行けて、自分で服を着替えられるようになるまでの、この時期だったのだ。


赤ん坊のいる暮らしについて、もう少し書いておく。由紀にも参考に――反面教師になるかもしれない。


由紀が産まれる前のパパとママは、都心のマンションに住んでいた。手狭《てぜま》だったが、交通の便はよかった。いったん会社から帰宅して、夕食と風呂を終えてからまた仕事に戻るということも簡単だった。外食も多かった。「仕事、何時に終わりそう?」とママが電話をかけてきて、「十一時ぐらいかな」とパパが答え、じゃあ十一時半に待ち合わせようか、と居酒屋で遅い夕食をすませる。ふだん忙しいぶん、夏と年末年始には休暇の時期を合わせて、二人で海外へ出かけた。

DINKS《ディンクス》という言葉を聞いたことがあるか? ダブルインカム・ノーキッズ。ともに仕事を持っていて、子どもはいない、という夫婦のことだ。パパとママは典型的なＤＩＮＫＳで、その生活をずっとつづけるんだとパパは思っていた。

ママも、子どもを産みたいという気持ちはあっても、それ以上に仕事にやりがいと責任を感じていた。「こんなの、ほんとうは天秤《てんびん》にかけて考えちゃいけない話だと思うけど」とママは言っていたのだ。「やっぱり、わたし、仕事を思いっきりやりたいから、子どもはパスだな」

だが、ママは、とにかくがんばり屋だった。

仕事でそれなりの実績を積み、総合職入社の後輩たちにも相談を持ちかけられるようにもなって——もっとがんばろう、と思うようになった。がんばれるはずだ、と自分を信じた。

「赤ちゃん、そろそろ産んでみようか」

それが、ママの「ママ宣言」だった。

数カ月後、小さな命がママのおなかに宿った。ママが病院で撮ってもらった超音波写真を見ても、どこにどんな命があるのか見分けられなかったパパは、ただぼんやりと「これでしばらく海外旅行には行けなくなっちゃうな……」と思っていた。

「なにぼーっとしてるのよ」

ママは早くもおなかをいとおしそうに撫《な》でながら、「しっかりしてよ、来年の六月にはお父さんになるんだからね」とパパを軽くにらんだのだ。

「うん……がんばるよ」

パパは照れ笑いを浮かべてうなずいた。それがパパの、なんともしまらない「パパ宣言」だったわけだ。

郊外のニュータウンに引っ越しをした。住まいは同じ賃貸マンションでも、部屋の広さは倍になった。引き替えに通勤時間も倍になってしまったのだが、子育ての環境を優先した。

「だいじょうぶ、育児休暇もあるんだし、なんとかなるわよ」

ママは自信たっぷりに言った。

「そうだよな、俺だって有給休暇がたっぷりたまってるし、なんだったら俺が育児休暇をとったっていいんだから」

パパもうなずいた——われながら調子のいい男だ。

「じゃあ、育児休暇はあなたにとってもらおうかなあ」

さっそく、ママにいたずらっぽく言われた。

「あ、いや……やっぱり、現実問題として、それはちょっとなあ……」

自分のよけいな一言で困ってしまったパパを、ママは「わかってるって」と笑って許してくれた。「でも、ほんとにピンチになったら助けてよ。赤ちゃんはわたしだけの子どもじゃないんだからね」

「わかってる、だいじょうぶ」

パパも笑って「まかせとけ」と胸を張った。

その言葉に嘘はない――つもりだった。


由紀が産まれた。元気な赤ちゃんだった。

すくすくと育ってくれた。ありがとう。

ママは出産休暇をとるのと同時に、独学で中国語の勉強を始めた。復帰までの一年ちょっとのうちに日常会話ぐらいはできるようになりたい、と張り切っていた。

パパもDINKS時代とはひと味もふた味も違う充実感とともに毎日を過ごした。通勤時間は確かに長くなったが、緑の豊かなニュータウンは、街を歩くときはもちろんバルコニーから街並みを眺めわたすだけでも、なんというか、ああ、これが生活っていうやつなんだなあ、と笑顔でつぶやいてしまう。カミさんがいて、子どもがいて、賃貸でもわが家があって、これが人生っていうやつなんだなあ……。

いままでは「誰かのために」がんばって仕事をするという気持ちはほとんどなかった。なにしろ月によってはママのほうが収入の多いことだってあったのだから。だが、出産休暇からひきつづいて育児休暇に入ったママが毎日家にいるようになると、外でカセいでいるのは俺だけなんだ、と実感する。由紀を抱っこしたママに「行ってらっしゃーい」と見送られると、よーし、今日もがんばるぞ、と力がみなぎる。「お帰りなさーい」と迎えられると、今日も一日よくがんばったな、と自分をねぎらってやりたくなる。誰かのために――？　決まってるじゃないか、由紀と、ママのためにがんばってるんだ、パパは。

そんな毎日をつづけているうちに、このままでいいんじゃないかな、と思うようになった。ママが由紀の子育てに専念してくれれば、パパは家のことを心配せずに、思いっきり仕事ができる。ママも由紀をしっかり育てられる。ママのぶんの収入が減るのは痛くても、長い目で見ればそのほうが幸せなんじゃないか。

だが、ママは逆だった。由紀が産まれて半年ほどたった頃から、子育ての日々に退屈さを感じはじめていた。同僚に「会社のほう、どんな感じ？」と電話で尋ねることが増え、朝刊を開いても、昔どおりに家庭欄より先に経済欄に目を通すようになった。

「そろそろ戻っていいんじゃないかなっていう気がするの」

年明けに切り出した。育児休暇が明ける六月まで待っていると、年度の途中からの復帰になる。休暇を二ヵ月短縮すれば年度初めの四月から仕事に合流できるので、会社にとっても、自分自身にとっても、そのほうがいい。さらに、由紀の保育園も、四月に合わせて入園させたほうが定員の空《あ》きもある。

「けっこう、やっていけると思う。子育てが簡単だとは言わないけど、仕事との両立ができないほどじゃないってわかったし」

仕事の虫――というより「がんばりの虫」がうずきはじめたのだ。

ママも自分の性格をよく知っていた。

「子育てに集中しすぎると、幼児教育とかなんとか、由紀にどんどんやらせちゃいそうな気がするの。幼稚園のお受験に必死になったりしてると、由紀もかわいそうでしょ？　仕事が忙しくて最近あまりかまってあげてないな、っていうぐらいがちょうどいいんじゃないかと思うのよ。適度に距離を置くっていうか、子離れしておくっていうか……」

わかるでしょ？　と訊かれて、パパはあいまいにうなずいた。ママの言葉は、なんとなく自分が仕事に戻ることを正当化するための理屈のように思えたから。

「どうしたの？」

「うん……」

「なにかマズいことでもあるの？」

「マズいっていうか……」

ためらいながらも、仕事を辞めてはどうかと、本音を伝えた。

すると、ママは急に怒りだした。「ちょっと待ってよ、なに言ってんの、冗談じゃないわよそんなの」――血相を変えて。

ずるい、と言われた。身勝手だとも言われたし、卑怯《ひきょう》という言葉までつかわれた。

「わたしが家にいれば楽ができるからなんでしょ？　そんなのひどいじゃない」

「いや、違うよ、そうじゃなくて……」

「結局あなたも、子どもはお母さんが育てるものだって決めつけてるわけでしょ」

「違うって……」

「じゃあなによ」

問い詰めるように訊かれると、うつむいてしまうしかなかった。言い訳はいくらでもできたが、結局それも、さっきのママの言葉と同じように自分を正当化するための理屈にすぎなかった。

「とにかく四月から会社に戻るから」

「……だいじょうぶなのか？」

「あなたがしっかりフォローしてくれれば、全然ＯＫだってば」

それができなかったことは、さっき書いたとおりだ。


理想と現実とは違う。

現実はこっちの思い通りに動いてはくれない。

四月から、ママは毎朝六時に起きるようになった。七時前に家を出て、通勤ルートの途中にある保育園に由紀を預けて出社する。保育園の登園時間はもっと遅くてもだいじょうぶだったが、朝の通勤ラッシュを避けるには少しでも早く家を出るしかなかった。

帰りは会社を定時の五時に出る。これが五時半になると、由紀を迎えに行くのが閉園時刻の六時ぎりぎりになってしまう。由紀を抱いて混み合った電車に三十分以上も揺られて、ようやく郊外のわが家に帰る。そこからすぐに晩ごはんをつくって、由紀をお風呂に入れて、寝かしつけて、もう一度自分のためにお風呂に入り直しているうちに、気がつけば日付が変わっている。

事情を知らない仕事相手は平気で「じゃあ明日の夕方六時ぐらいに社に来てもらえますか」などと言う――いや、たとえ事情をわかっていたとしても、夕方六時にならないと必要なメンバーがそろわないことは、いくらでもある。夜九時の時点での状況を受けて、翌朝までに結論を出さなければならない案件は、確かにある。仕事というのはそういうものだ。

由紀を寝かしつけたあと「まだ電車あるよね」と会社に戻ろうとしたママを引き留めて、ケンカになったこともある。夜通し会社で仕事をして始発でわが家に帰り、由紀を起こして、朝ごはんを食べさせて、一息つく間もなく出社して……そんなこと、できるはずがないじゃないか。「じゃあ、会社にそのまま泊まるから、朝はあなたにお願いしていい？　だったら平気でしょ？」——そういう話じゃないんだと、何度言ってもわかってもらえなかった。ママはママでパパのものわかりの悪さにうんざりした顔になり、言い合っているうちに終電に間に合わない時間になってしまうと、「もういい、はい、けっこうです」とふてくされてソファーで眠ってしまった。

「あせるなよ」

何度もママには言った。「先は長いんだから、いまから全力疾走すると体力がもたないぞ」——ほんとうは、そこに「心も」と付け加えたかった。

だが、ママはパパの忠告には耳を貸さずに、出産前と同じペースで仕事をこなそうとした。半分は意地もあったのだろう、最初は「時間のあるほうが交互にやればいいよ」と約束していた保育園の送り迎えも、「だいじょうぶ、自分でやれるから」と言い張って、パパにはよほどのことがないとSOSを出さなかった。

「仕事にも家のことにも時間をかけられないでしょ、だから逆に集中するっていうか、能率が上がってるような気がするの。いままでのほうが、なんであんなにムダな時間をつかってたんだろうってあきれるぐらいだもん」

さすがママだと、由紀、おまえは思うだろうか。

パパは違った。ママが一人で張り切れば張り切るほど、いたたまれない気持ちになった。そこまでがんばらなくてもいいじゃないか、と何度も言葉が喉元まで出かかっていたが、言ってもかえって意地を張らせてしまうだけだとわかっていた。

四月が終わる。ゴールデンウィークも、ママは仕事の遅れを取り戻すためにほとんど毎日会社に出て、がらんとしたオフィスで見積もりをつくったり伝票を整理したりした。パパも、ほんとうは会社に行きたかった。やらなければならないことはいくらでもあった。だが、日曜日や祝日は保育園は休みになる。ママが仕事に出るなら、パパは留守番をして由紀の面倒を見るしかない。怒らないでくれ。朝から由紀と一緒に休日を過ごせるというのに、パパはちっとも楽しくなかった。お気に入りの積み木で遊ぶ由紀に付き合いながら、こんなことをしてる場合じゃないんだけどなあ、と何度もため息をついていた。子どもと遊ぶのを「こんなこと」と思ってしまうようになった。それが自分でも情けなくて、ため息はどんどん深く、重くなってしまう。

連休中に夫婦そろって休みをとったのは、こどもの日の一日だけだった。由紀を連れて動物園に出かけようと話していたが、ママは朝九時になってもぐっすり寝入っていた。起こすのがかわいそうになって声をかけずに放っておいたら、昼前になって寝室から出てきたママは半べそをかいてパパに怒りだした。

「なんで起こしてくれなかったのよ、もう間に合わないじゃない、動物園」

「今日はゆっくりして、疲れをとったほうがいいって」

「だって動物園に行くって由紀と約束したのよ」

「平気だよ、由紀もママが疲れてるのはわかってるんだから」

なあ、と由紀に笑いかけた。言葉の意味がわかるはずもない由紀は、積み木のタワーをくずしながら、にこにこ笑っていた。

「勝手に決めつけないで」

「なにが？」

「約束は約束なんだから、わたし、嫌なの、そういうのって」

「でも、疲れてるときはしょうがないんだし……」

「嫌なの！」

こっちもさすがにカチンと来て、「だったら、なんで自分で起きなかったんだよ！」と声を荒《あら》らげて言い返した。

由紀にも険悪《けんあく》な空気は伝わる。積み木を手に持ったまま不思議そうにパパとママを交互に見て、どうしたの、というふうに笑った。パパたちがつくり笑いを返す前に、その笑顔はくずれた。つっかい棒が折れてしまったように激しく泣きだした。

「子は親の鏡」という。確かにそのとおりだ。パパもママも、つっかい棒が揺らぎはじめていたのかもしれない。

ママは泣きやまない由紀を抱いて「お外見《そと》ようか」とバルコニーに出た。

一瞬ハッとして、パパは立ち上がった。

振り向いたママは、パパの表情から、ああ、そういうのを心配してたんだ、と察して、「だいじょうぶよ」と苦笑した。「わたし、そこまで弱くないから」

パパは「わかってるよ」と笑い返し、つまらない想像をしてしまったことを「ごめん」と詫《わ》びた。

だが、強い弱いの問題じゃないんだよ、と心の中でつぶやきが漏れる。勝ち負けの問題でもないし、たぶん、正しい間違っているの問題でもないのだろう。じゃあ、どんな問題なのか――わからない。それはいまでも。

外の風にあたって景色を眺めた由紀は、やっと機嫌を直した。思えば、ママが仕事に復帰して以来、近所を散歩することなどほとんどなかった。保育園とわが家をせわしなく往復するだけで、寄り道はもちろん、道ばたの菜の花に目を留めてしゃがみ込むゆとりすら、由紀に与えてやれなかった。いったい、パパとママはなんのために不便な郊外に引っ越したんだろうな。

ゴールデンウィークが明けると、由紀の体調が悪くなった。

病気というほどではないのだが、食欲が落ちて、眠りが浅い。起きているときも不機嫌で、元気がなく、風呂あがりにはぐったりと床に寝そべってしまう。

「四月からずっと緊張してましたから、由紀ちゃん」

保育士さんはママに言った。ママと別れてたくさんの友だちと一緒に過ごす、いままでとはまったく違う新しい環境に、戸惑《とまど》いがないはずがない。保育園にはわが家では体験できない楽しいこともあるかわりに、わが家では感じたことのないストレスだってあっただろう。四月は気持ちが張っていたが、なまじゴールデンウィークで家にいたぶん、休み明けに疲れがどっと出てしまったのだ。

「そういうお子さん、けっこう多いんです。心配なさることないですよ」

まだ若い保育士さんは、励ますつもりで言ってくれた。由紀は覚えているだろうか。ヤマちゃん先生というあだ名の、ぽっちゃりした、いかにもひとのよさそうな保育士さんだ。

だが、ママはそれを素直に受け取らなかった。

「けっこう多いってことは、そうじゃない子もいるってことでしょ？　ちゃーんと新しい環境になじんで元気にやってる子もいるのに……なんでなんだろうなあ……」

ヤマちゃん先生は「とにかく早寝早起きで体調を整えるのがいちばんです」と言っていた。だが、ほんとうにそれが必要なのは由紀ではなくママだというのは——由紀、おまえにも、もうわかるだろう？

そんな毎日だった。

パパとママはなにをすればよかったのか、なにをすべきで、なにをすべきではなかったのか、どこから間違っていて、その間違いを正せるとしたらどこだったのか、答えはいまでもわからない。だが、由紀にはわかってほしい。パパとママは一度きりだって、おまえの幸せを考えなかったことはない。楽をしようと思ったり、得をしようと思ったりしたのではなく、ただ一所懸命にがんばっていた。それだけはわかってほしいのだ。

そして五月の終わり――あの日のことを、書こう。

前日の話からだ。

パパは朝から札幌の支社に日帰り出張をしていた。ママは昼食を食べる間もなく、翌日の大事な会議の準備に追われていた。

午後、保育園から電話がかかってきた。

由紀が熱を出した。保育園の決まりでは、三十七度を超える熱が出たらすぐに保護者に迎えに来てもらうことになっている。札幌にいるパパには物理的に無理だ。ママしかいない。話が煮詰まっていたミーティングを中座《ちゅうざ》して会社を早退するとき、ママは初めて、同僚の前で涙を見せた。

仕事よりも子どものほうが大事に決まってるじゃない、と由紀は言うだろうか。

仕事は代わりのひとがいくらでもいるけど、親の代わりはいないんだから――それは確かに正しい。まったくもって正しい。正しすぎて腹が立ってしまうほど、とにかく正しい。

でもな、と言い返しても、その次の言葉が見つからない。

だが、パパは思うのだ。「でも……」だけで終わる言葉だっていいじゃないか。そこから先の理屈を通せなくても、ただ「でも……」と首を横に振りたい。あの頃のパパとママには間違っていることはたくさんあったかもしれない。それでも、パパは、昔の自分やママのことを嫌いになりたくないのだ。もちろん、由紀にも嫌いになってほしくはない。尊敬しろよ、とは言わなくても。

ママは熱を出した由紀を保育園の近所の小児医院に連れて行った。自宅の近所にも医院はあったが、診療《しんりょう》受付時間に間に合わない。風邪だと診断された。「二、三日休めばだいじょうぶですよ」と医者は笑って、「明日になっても熱が下がらないようなら、また連れてきてください」と、こともなげに言った。

おばあちゃんは？　由紀は言うだろうな。山口のおばあちゃんは遠いけど、前橋のおばあちゃんだったら新幹線で一時間ぐらいで来られるんじゃないの？

そのとおりだ。ただし、山口に住んでいるママのほうのおばあちゃんは、その頃、由紀のひいおばあちゃんの介護《かいご》で、もしかしたらママ以上に大変な日々を過ごしていた。パパのほうのおばあちゃんにはそういう事情はない。前橋から東京は、確かに決して遠い距離ではない。頼めば来てくれる。それでも――いや、だからこそ、ママは前橋のおばあちゃんにはなにがあってもＳＯＳは出さなかった。その気持ち、由紀にもなんとなくわかるだろう？　わからないなら、ヒントだ。前橋のおばあちゃんは、由紀が産まれたらママはてっきり仕事をやめるものだと思い込んでいた。それが当然のことだとも考えるひとだった。ヒントは以上。もうわかるはずだ。よけいなことは付け加えずにおく。パパは、由紀に、前橋のおばあちゃんのことも嫌いになってほしくないのだ。

ママは帰宅して由紀をベビーベッドに寝かせると、すぐに会社に電話を入れて、仕事にとりかかった。自分一人で進められるところは進めておいて、由紀の熱が下がればパパにあとをまかせて、また会社に戻ってプロジェクトのメンバーと合流するつもりだったのだ。

同僚は「無理しなくていいよ」と言った。直属の上司も「こっちはだいじょうぶだから、子どもさんを看《み》てやれよ」と諭《さと》した。

だが、ママは「だいじょうぶです」と言い張った。「特別扱いしないでください」——電話を切るときの上司が、かわいげのないオンナだ、と舌打ちするのがわかった、とママはあとで教えてくれた。

夜八時を回って、ようやく由紀の熱が下がった。

ところが、七時過ぎには羽田空港に着いているはずのパパの飛行機が、一時間近く遅れてしまった。空港からわが家までは一時間——パパだって、ほんとうは空港から会社に直行して、出張の報告をしなければならなかったのだ。

なんでベビーシッターさんを頼まなかったの？　いまどき、ペットの散歩や留守番にもシッターさんが来てくれるんだよ。

由紀の言いたいことはわかる。現実的な選択として、それがベストだと、パパも思う。

だが、とにかくママはひとに頼りたくなかったのだ。パパと二人で、というより自分一人でも、育児と仕事を完璧《かんぺき》に両立させたかったのだ。自分ならそれができると信じて——すがっていたのかもしれない。

結局、パパが帰宅したのは九時半だった。

ママは「もう、なんでこんなときに飛行機が遅れちゃうのよ、信じられない、もう」と文句を言いながら服を手早く着換え、もっとせわしなく由紀の様子を伝えて、パパと入れ替わりに出かけようとした。

由紀――ここからは、おまえに訊きたい。

パパは玄関に立ちはだかって止めたのだ。ママに「行くな」と言ったのだ。大事な仕事を会社に残しているのはわかっているのに、「今夜は由紀と一緒にいてやってくれ」と言ったのだ。

ママは「あなたがいるからいいじゃない」と言った。「お願い、そこ、どいて」

だが、パパは譲《ゆず》らなかった。

「勝手なこと言わないでよ、自分は出張に行って帰ってきて、わたしが仕事に行くのはだめだなんて、そんな勝手な理屈ってある？」

理屈ではない。

「由紀はだいじょうぶ、さっき座薬も入れたし、肌着も着替えさせたから」

パパは玄関から動かない。

「ねえ、お願い。終電で帰ってくる、約束するから。一時過ぎには帰れる。あと四時間足らずでしょ、だいじょうぶ、お願い」

「終電で帰ってくるんなら、行く意味ないだろ。会社にいられるのって、一時間ちょっとぐらいしかないんだから」

「一時間でもいいの、三十分でもいいから……」

「落ち着けよ」

「みんなも今夜はずっと残業してるし、会社に泊まり込むひともいるから、顔を出さないわけにはいかないのよ」

「だって、こんなときに仕事を休んで誰が文句言うんだよ」

「言わないわよ、誰も」

「だったら……」

「わたしが、嫌なの」

腹立たしさは、もちろんあった。だが、それ以上に悲しかった。ママをそこまで追いつめてしまったものはなんだったのだろう。ママはなにに苦しめられているのだろう。ママは一所懸命がんばった。パパだって自分なりに精一杯《せいいっぱい》がんばったつもりだ。がんばることはいいことだと、子どもの頃から教えられてきた。努力は報《むく》われる、と教わった。だが、おとなになるとわかる。努力が報われないことは山ほどある。がんばればがんばるほど事態が悪くなってしまうことだって、いくらでもある。

「お願い、そこどいてちょうだい」

ママの口調は懇願《こんがん》に変わった。

パパはくちびるを噛んで、首を横に振る。

由紀――パパは間違っていたか？　間違っていたのはママのほうだと思うか？

ママはため息をついて、ちらりと足元に目をやり、それからパパをあらためて見つめた。

「だったら、悪いけど、離婚してくれない？」

返す言葉を失ったパパに、つづけて言った。

「由紀は、あなたに――」

そのときだった。

ベビーベッドから、起きあがりこぼしの鈴が鳴る音が聞こえた。一度だけではない。何度も。キューピーの顔をしたピンク色の起きあがりこぼしが、ぐらぐらと揺れている。おなかに仕込んだ鈴が、そのたびに音をたてる。目を覚ました由紀が、枕元の起きあがりこぼしを――まるでパパとママを呼ぶように揺すっていたのだ。

ママは一瞬顔をしかめて、はいはいはーい、と寝室に戻る。パパも、さっきのママの言葉を苦く噛みしめながら、やっと玄関から部屋に上がった。

「どうしたの？　起きちゃった？」

声をかけて由紀のおでこに手をあてたママの背中が、パパの目にもはっきりとわかるぐらい揺れた。

「やだ、どうしたの、由紀ちゃん！」

熱がまた出た。夕方よりもさらに高くなった。四十度近い。寝息はほとんどあえぎ声になり、幼児用のスポーツドリンクを吸い飲みで一口飲ませたら、胃液と一緒に嘔《おう》吐《と》してしまった。

もう仕事に戻るどころではない。パパもママも大あわてで、由紀を救急病院に連れて行く支度を始めた。するとまた、ママの悲鳴が響く。由紀は全身を震わせ——いや、激しくけいれんしていたのだ。


熱性けいれんという言葉を、由紀は聞いたことがないか？

読んで字のごとく、風邪や突発性発疹《ほっしん》で高い熱が出たときに起きるけいれんだ。一歳前後の乳幼児にはよくある症状で、命や後遺症《こういしょう》の心配はまずない。

パパもママも育児書を読んで知っていた。症状の出方も対処方法も、よくわかっていたはずなのに、忘れた。声を裏返らせて救急車を呼び、住所の番地を二度も言い間違えた。

それが現実だ。

計算やシミュレーションや、想像や、期待どおりにはなにごとも運ばない。

雨の日に保育園に送り迎えするときにはベビーカーが使えず、片手に傘を差し、片手に由紀を抱いて駅から歩かなければいけない。頭では理解していても、抱っこした幼児の、おとなよりずっと高い体温は、実際に雨の日に歩いてみないとわからない。駅からほんの数分の道のりなのに、熱のかたまりのような由紀を抱いていると、あっという間に汗ばんでしまう。由紀の吐き出す息の湿り気が喉元にまとわりついて蒸《む》れてしまう。それが現実なのだ。赤ちゃんを抱いているお母さんが電車の中で立っていれば、パパなら当然のように席を譲る。しかし、そうでないひともいる。こんな夕方のラッシュアワーに赤ん坊なんか抱いて乗ってくるな、と言いたげににらんでくるひとまでいる。それが現実なのだ。そして、パパもママも、もちろん由紀も、家族三人にこやかに笑う生命保険のコマーシャルの世界で生きているわけではない。現実の中で生きている。現実の中でしか生きられない。それがどうしても嫌だというのなら――その先は、由紀にもわかるよな？

現実の中で、夜は更《ふ》けていった。

現実の中で、都心に向かう終電は出てしまった。

救急病院から由紀を連れてタクシーで帰宅したときには、もう日付はとうに変わっていた。

由紀のけいれんは救急車を待っているうちにおさまった。救急病院の先生も「熱性けいれんでしょう、心配要《い》りませんよ」と笑って言ってくれた。ただし、「もしも今夜のうちに二度三度とけいれんが起きるようなら重い病気かもしれないので、その場合はすぐにまた連れてきてください」とも言われた。

「わたし、どうせ朝まで起きてるから、由紀のことも看《み》るよ」

ママは言った。会社に戻る電車がなくなって、逆に気持ちを切り替えることができたのだろう、さばさばした口調だった。

「いいよ、俺が起きてる。明日は休みをとるから」

どっちにしても明日は由紀を保育園へは行かせられない。パパとママのどちらかが会社を休んで、由紀と一緒にいるしかない。

「せめて早く寝て、体調を万全にしてから、明日の会議に出ろよ」――パパにできる協力は、それくらいのものだから。

ママも素直に「ありがとう」と笑った。「でも、家でやれる準備もあるから」――笑いながら言われたら、もう、それをやめさせる権利はパパにはない。

交互に仮眠をとることにした。最初はパパが三時間ほど眠って、明け方にママと交代する約束だった。

「じゃあ、四時に起こすからね」

「もっと早くてもいいぞ」

「うん、でも、それくらいまでかかっちゃうと思うから」

ママは寝室の小さな机で仕事をしながら、ベビーベッドの由紀に付き添った。パパは、将来は由紀の子ども部屋にするつもりの洋室に布団を敷いた。約束は四時でも、なるべく早く起きてママの仕事の進み具合しだいでは、少しでも早く寝させてやりたかった。

だが、横になると、昼間の出張の疲れがいっぺんに出てしまい、枕の位置を調整する間もなく眠りに落ちてしまった。夢も見ない深い眠りだった。

目が覚めたとき、窓の外はもう明るくなっていた。午前四時の明るさではない。カーテンを透《す》かすのは、朝の光だ。

あわてて時計を見て、もっとあわてて跳《は》ね起きた。

ママは寝室の机に突っ伏して眠っていた。揺り起こすと、まだほとんど眠っている顔で「ああ、ごめん……うたた寝しちゃった」と応え、のんびりした口調で「もう四時になっちゃった?」と訊いた。

パパは黙って首を横に振り、壁の時計を指差した。

午前八時半を回っていた。

ママは思いのほか冷静だった。怒りもせず嘆きもせず、パパにやつあたりをすることもなく、由紀が一晩中ぐっすり眠っていたのを確かめるとほっとして、落ち着いた口調で会社に電話をかけて、九時からの会議に出られないことを告げて、詫びて、必要なことを伝えて、もう一度詫びて、話を終えた。子どもが熱を出したから、という以外の理由はなにも言わず、言い訳もいっさいしなかった。

電話を切ったあと、どんな言葉をかけてやればいいのかわからずにいたパパに、ママは微笑みを浮かべて言った。

「会議には間に合わないけど、いちおう会社に行くね。今日の会議のこと以外でも、仕事、まだたくさんあるの」

「ああ……」

「じゃあ、悪いけど、由紀の朝ごはんとかお昼ごはん、よろしく」

淡々《たんたん》とした口調で言って、服を着換え、化粧をして、出かけた。玄関のドアが閉まるパタンという音は、いままで聞いた中で、いちばん寂しそうに響いた。

そんなわけで、午前十時の閑散《かんさん》とした駅のホームでママは泣いていた。

ベンチに座り、梅雨の気配がする曇り空をぼんやりと見つめて、都心に向かう電車を何本も見送りながら、一人で泣いていたのだ。

ここから先は、あとでママに聞いた話だ。

「すみません」

横から声をかけられて、ママはわれに返った。

おばあさんの声だった。あわてて目元の涙をぬぐって振り向くと、おばあさんの隣には杖《つえ》をついたおじいさんも立っていた。

「ここ、一緒に座らせてもらってもいい？」

「はあ……」

ベンチは四人掛けなので、空きはある。ただ、ここはホームの端だ。途中に空いているベンチはいくつもあるし、おじいさんの足が不自由なのに、どうしてわざわざここまで来たのだろう。

けげんなママの胸の内を読み取って、先におじいさんを座らせたおばあさんは、自分が座る前に向かいの下り線のホームを指差した。

「あそこ、ツバメの巣があるのよ」

言われて初めて気づいた。ほんとうだ。屋根の柱と梁《はり》が交差するところに、ツバメが巣をつくっている。

「ここのベンチが、いちばんよく見えるの」

おばあさんの言葉を引き取って、おじいさんも「このまえ、卵がかえったばかりなんだ」と皺《しわ》だらけの顔をうれしそうにほころばせた。

「……ずっと見てらっしゃるんですか？」

「そうよ」「もう何年もな」

「ツバメを？」

「そうよ」「毎年のことだ」

「じゃあ、電車に乗るついでじゃなくて、わざわざ……」

「そうよ、定期券だって半年分」「そのために買ってある」

二人の受け答えの呼吸はぴったりだった。長年連れ添った夫婦ならではの阿吽《あうん》の呼吸ができているのだろう。すごいなあと感心したママは、そのぶん少し寂しくもなって、目尻《めじり》に残った涙を指で軽くぬぐってから、あらためてツバメの巣に目をやった。

ほんとうだ。ヒナがいる。そこに線路の上の空をすうっと滑るように親ツバメが飛んできて、巣の縁に止まった。われさきにと口を開くヒナに、親ツバメは順番に口の中のエサを与えていく。

持ち帰ったエサが終わりかけた頃、もう一羽の親ツバメも戻ってきて、最初の親ツバメは入れ替わるようにまた空に飛び立っていく。

ツバメの雄《おす》と雌《めす》の区別などつかなくても、つがいなんだろうな、とわかる。

「働き者でしょ？」

おばあさんが言った。ええ、とうなずくと、おじいさんが「ツバメは夫婦で巣をつくるんだ」とつづけた。

「そうなの、夫婦でワラや泥をどこかから集めてきて、一緒に巣をつくって、卵も夫婦で交代して暖めて、ヒナにごはんを食べさせてやるのも……」

ほら、とおばあさんは巣を指差した。「また交代してる」

エサを捕《と》ってきた親ツバメが飛んでくる。まるで競泳のリレーのように、巣に止まっていたほうの親ツバメは翼を広げて飛び立つ。

「一日に何十回もエサを運んでくるの、お父さんツバメもお母さんツバメも」

おばあさんの言葉に、おじいさんは「大変だよなあ」と笑った。

ママはうなずいて、ツバメをじっと見つめた。ツバメの生態《せいたい》はなにも知らなかった。興味も、いままではなかった。だからこそ、ひと息つく間もなくエサ捕りとエサやりを繰り返す二羽の親ツバメの姿が、むしょうに愛おしくなった。

「何年ぐらい前から、ツバメ、ここにきてるんですか？」

ツバメを見つめたまま訊くと、おばあさんは「昔からよ」と答え、「わしらが、あんたぐらいの頃からだ」とおじいさんがつづけた。

「でも……」

それはないはずだ、とママは思った。二人はともに七十代の前半といった雰囲気で、このニュータウンはせいぜい十五、六年の歴史しかない。鉄道の路線もニュータウンの開発に合わせて通されたので、計算が合わない。

だが、おばあさんはゆったりとした口調で「駅ができる前、ここは小さな山だったの」と言った。「子どもでも楽に登れて遊べるような、ほんとうに小さくて低い山でね、そのふもとにツバメが巣をつくってたの」

「ばあさんが最初に見つけたんだ」「そう、わたしが最初にね」「ウチの畑から、ちょうど、山のふもとの雑木林が見えたんだ」「畑仕事をしてると、よく見えたの」「嫁に来て二、三年目にツバメの巣を見つけたんだ、ばあさんは」「それ以来、毎年の楽しみになってね、ほら、農家が忙しい時季とツバメがいる時季は重なってるから」「励みだったな」「そう、巣をつくってるなあ、巣ができたなあ、ヒナがかえったなあ、巣立ったなあ、ってね」

おじいさんとおばあさんの口調はほんとうにゆっくりで、おだやかだった。遠い昔の思い出を手のひらで優しくこねておむすびをつくっているみたいに——だって、よく考えたら、前の晩からなんにも食べてなかったんだもん、とママはあとで笑っていた。

「二人で畑仕事をしてらっしゃったんですか?」

ママが訊くと、おばあさんは「夫婦でやらなきゃ終わらないからね」と言った。

「子どもがちっちゃな頃は、背中にしょいこをつけて畑に出てたんだよ」

おじいさんは手のひらを開いて、「五人だ」と言った。「五人、産んで、育てた」

「そうですか……」

思わずうつむいたママに、おばあさんは言った。

「でも、不思議よねえ、ツバメなんて何十年も生きるような鳥じゃないから、何年かで入れ替わってるはずなんだけど、巣をつくる場所はいつもあそこなのよ」

「場所は同じでも、つがいは、いろいろだ」とおじいさんがつづけた。

「そうそう、夫婦でよーく働くツバメもいれば、ダンナがなまけ者のツバメもいて……でも、お母さんツバメは、アレね、みーんな働き者だよ」

おばあさんがいたずらっぽく言うと、おじいさんは一瞬困ったような表情を浮かべてから、あははっ、と笑った。

つられてママも笑った。頬がゆるむとまぶたの裏がじんわりと熱くなってきたので、ツバメの巣に目をやった。ちょうど親ツバメが巣に戻ってきたところだった。

おじいさんとおばあさんは、行こうか、ええ、と小声で言い交わして、ベンチから立ち上がった。今日もツバメの家族は元気だというのを確かめればそれでいい、という感じの表情やしぐさだった。

ママはおじいさんに手を添えて立ち上がるのを手伝いながら、「毎日お二人でいらっしゃるんですか？」と訊いた。

「毎日ってほどじゃないけど、まあ、気が向いたらな」とおじいさんが答え、おばあさんが横から「今年で最後だ、今日が最後になるかもしれない、なんて言ってて、いつまでたっても元気なんだから」と、またいたずらっぽく笑った。

そして、会釈《えしゃく》して歩きだす間際、おばあさんはそっとささやくようにママに言ったのだ。

元気出して、がんばってね。

おばあさんは、ママが泣いていることに気づいていたのかもしれない。

ベンチまで来て気づいたのではなく、最初からわかっていて声をかけたのかもしれない。

それとも、あの二人は、もっと深いところまで――パパとママの、あの頃の暮らしのすべてを、空の上から見守っていたのかもしれない。

笑わないでくれ、由紀。

パパとママはあれから何度も駅に足を運び、上り線のホームの端にあるベンチに座ったのだ。その年も、次の年も、さらに次の年も……由紀が小学校に入学するのを機に別の街に引っ越すまで、毎年、何度も。

だが、おじいさんにもおばあさんにも、あれきり一度も会うことはなかった。

「二人ともお年寄りだったから、なにかあったのかなあ」

ママは心配そうに言っていたが、パパの考えはちょっと違っていた。

もしかしたら、あの二人は――。

由紀は、どう思う？


おじいさんとおばあさんが立ち去ったあとも、ママは一人でベンチに腰かけたまま、ツバメの家族の様子を飽《あ》きずに眺めていた。

そのときにどんなことを考えていたのかは、パパは知らない。何年たってもママは決して教えてくれない。

ただ、お昼近くになって、ママから電話がかかってきたのだ。びっくりするほど明るい声だった。最悪の事態はまぬがれた、とホッとしたパパに、ママは由紀の様子を訊いてきた。朝からずっと平熱で、元気で、退屈を持てあましている。パパも笑って答えることができた。

「じゃあ、由紀を連れて散歩に出てこない？」

ママは言った。「駅まで連れてきてよ、上り線のホームで待ってるから」とつづけ、もっと明るい声で「ツバメがいるの」と付け加えた。

由紀、これがパパとママの、とてもたいせつな記念日の話だ。

ツバメ記念日と呼んでいる。

世の中の記念日のように、なにか大きな出来事があったわけではない。誕生日や結婚記念日のように、その日になにかが始まったり、なにかが変わったり、というのでもない。

五月の終わり、梅雨入り間近の曇り空に覆われた、どうということのない一日だ。

それでも、パパとママは、その一日をずっとたいせつにしてきた。

翌日から仕事と育児の両立が目に見えて楽になったというのでも、由紀があっという間に聞き分けのいいおねえちゃんになったというのでもない。やっぱり毎日はあわただしく過ぎていって、夫婦ゲンカをすることだってないわけではなかった。

だが、パパもママも、会社の行き帰りに上り線のホームの端に立ってツバメの巣を眺めるのが、春の終わりから秋の終わりにかけての習慣になった。「巣づくり、だいぶ進んだわよ」「そろそろ卵を産みそうだな」「ヒナ、五羽だった」「もうすぐ巣立ちだぞ」……二人そろって休みがとれた日曜日には、由紀も入れて三人で駅まで出かけることもあった。ベンチの真ん中に由紀が座って、それを左右から挟《はさ》んでパパとママが座る。なにをするというのでもない休日のひとときを、パパはいま、胸を張って、小さな声で、それが幸せってやつだよ、と言おう。

由紀、誕生日おめでとう。

そして、結婚おめでとう。

結婚しても、子どもを産んでも、いまの仕事をつづけていくつもりなんだと、ママから聞いた。「仕事をつづけるだけが人生じゃないとは思うけどね」とママは言いながら、うれしそうな顔をしていた。

二十数年前に比べて、働く母親の苦労はどう変わったんだろうな。パパの会社の若いママ社員を見ていると、昔よりもだいぶ楽になって、でもやっぱり大変だよなあ、と思う。ママの会社では育児休暇をとるパパ社員も増えてきたらしい。「ま、それが当然よね、二人の子どもなんだから」と、ママはいまでもチクチクとパパにトゲを刺して笑う。

由紀、パパはおまえもよく知っているとおり、特別ななにかを持っているわけではない、どこにでもいる平凡な父親だ。明日から新しい人生を歩みはじめるおまえに、父親として伝えられることは、結局、ツバメ記念日の話しかなかった。

由紀は、これから二人でどんな記念日をつくるのだろう。

それが楽しみで、ちょっと寂しくもあって、今度の日曜日にはママと一緒に、ひさしぶりにあの駅へ行ってみようと思う。六月だ。ツバメの巣では、ヒナがそろそろ巣立ちの練習を始めている頃だ。

覚えているか。そんなの記憶に残ってるわけないじゃない、と言わずに、いまから覚えていてほしい。

あの日、由紀をベビーカーに乗せて駅のホームに出たパパを、ママはベンチから立ち上がって、笑顔で迎えてくれた。

こっちこっち、と両手を大きく振っていた。すると、由紀はなにがおかしかったのか、急にご機嫌な笑い声をあげたのだ。

ママもうれしそうだった。張り切って、もっと大きく両手を振った。なんだか、それは、親ツバメが翼をはためかせて飛び立つように見えたのだ。

産経新聞大阪本社夕刊にて毎週土曜連載『季節風』より
二〇〇六年十月七日〜二〇〇七年九月二十九日掲載分を
単行本化にあたって改稿・改題いたしました。

重松清

一九六三年、岡山県生まれ。早稲田大学教育学部卒業。出版社勤務を経て、フリーライターに。九一年『ビフォア・ラン』で作家デビュー。99年『ナイフ』で第14回坪田譲治文学賞、『エイジ』で第12回山本周五郎賞を受賞。二〇〇一年『ビタミンF』で第124回直木賞受賞。『疾走』『流星ワゴン』『その日のまえに』『きみの友だち』『小学五年生』『カシオペアの丘で』『ブランケット・キャッツ』など著書多数。ルポルタージュ、時評、評論など小説以外のジャンルでの執筆活動も高い評価を受けている。

ツバメ記念日《きねんび》　季節風《きせつふう》　春《はる》

二〇〇八年三月十五日　第一刷発行

著　者　重松《しげまつ》　清《きよし》

発行者　庄野音比古

発行所　株式会社　文藝春秋
〒102-8008　東京都千代田区紀尾井町三—二三
電話　〇三—三二六五—一二一一

印刷所　凸版印刷

製本所　加藤製本

万一、落丁・乱丁の場合は送料小社負担でお取替えいたします。
小社製作部宛、お送り下さい。定価はカバーに表示してあります。

ISBN 978-4-16-326800-2